（明）吴承恩 撰

李卓吾先生批評西遊記

第一四册

國家圖書館出版社

第一四册目録

第九十三回

給孤園問古談因　天竺國朝王偶遇

起念斷然有愛留情必定生災靈明何事辨三臺行滿自歸元海不論成仙成佛須從個裡安排清清淨淨絕塵埃果正飛昇上界

却說寺僧天明不見了三藏師徒都道不曾留得不曾別得不曾求告得清清的把個活菩薩放得走了正說處只見南關廂有幾個大戶來請衆僧撲掌道昨晚不曾防禦今夜都駕雲去了衆人齊望空拜謝此言一講滿城中官員人等盡皆知之叫此大戶人家俱治辦五牲花果往生

祠祭獻酧恩不題。却說唐僧四衆。飡風宿水。一路平寧。行有半個多月。忽一日見座高山。唐僧又悚懼道徒弟。那前面山嶺拱峭。是必小心。行者笑道這邊路上。將近佛地。斷乎無甚妖邪。師父放懷勿慮。唐僧道徒弟。雖然佛地不遠。但前日那寺僧說。到天竺國都下。有二千里。還不知是有多少路哩。行者道。師父。你好是又把烏巢禪師心經忘記了。三藏道。般若心經。是我隨身衣鉢。自那烏巢禪師教後那一日不念。那一時得忘。顛倒也念得來。怎會忘得。行者道師父。只是念得。不曾求那師父解得。三藏說猴頭。怎又說我不曾解得。你解得麼。行者道我解得。我解得自此三藏行者。再不作聲，旁邊笑倒一個，八戒喜壞一個沙僧，說道，嘴巴替我一般的做妖精出身，又不是那裡禪和子，聽過講經，那里應佛僧也曾見過說法，弄虛頭找架子，說甚麼曉得解得，怎麼就不作聲，聽講請解，沙僧說，二哥你也信他，大哥扯長話，哄師父走路，他曉得弄棒罷了，他那里曉得講經，三藏道，悟能悟淨，休要亂說，悟空解得是無言語文字，乃是真解（○老○和○尚○饒○舌○），他師徒們正說話間，却倒也走過許多路程，離了幾個山岡，路傍早見一座大寺，三藏道，悟空前面是座寺呵，你看那寺，倒也

不小不大，却也是琉璃碧瓦，半新半舊，却也是八字紅

牆隱隱見着松偃蓋也不知是幾千百年間故物到於今潺潺聽流水鳴絃也不道是那朝代時分開山留題在三門上大書着布金禪寺懸匾上留題着上古遺跡行者看得是布金禪寺八戒也道是布金禪寺三藏在馬上沉思道布金布金這莫不是舍衛國界了麼八戒道師父奇呵我跟師父幾年再不曾見識得路今日也識得路了三藏說道不是我常看經誦典說是佛在舍衛城祇樹給孤園這園說是給孤獨長者問太子買了請佛講經太子說我這園不賣他若要買我的時除非黃金滿布園地給孤獨長者聽說隨以黃金爲磚布滿園地才買得太子

祇園才請得世尊說法我想這布金寺莫非就是這個故事八戒笑道造化若是就是這個故事我們也去摸他塊把磚兒送人大家又笑了一會三藏纔下得馬來進得三門只見三門下挑担的背包的推車的整車坐下也有睡的去睡講的去講忽見他們師徒四衆俊的又俊醜的又醜大家有些害怕却也就讓開些路兒三藏生怕惹事口中不住只叫斯文斯文這時節却也大家收斂轉過金剛殿後早有一位禪僧走出却也威儀不俗真是

面如滿月光身似菩提樹擁錫袖飄風芒鞋石頭路

三藏見了問訊那僧即忙還禮道師從何來三藏道弟子

陳玄奘奉東土大唐皇帝之旨差往西天拜佛求經路過寶方造次奉謁便借一宿明日就行那僧道荒山十方常住都可隨喜況長老東土神僧但得供養幸甚三藏謝了隨即喚他三人同行過了迴廊香積徑入方丈相見禮畢分賓主坐定行者三人亦垂手坐了這時寺中聽說到了取經僧人東土大唐話說寺中若大若小不問長住掛搭長老行童一一都及參見茶罷擺上齋供這時長老還正開齋念偈八戒早是要緊饅頭素食粉湯一攪直下這時方丈却也人多有知識的讚說三藏威儀好耍子的都看八戒吃飯却說沙僧眼溜看見頭底踏把八戒捏了一把

說道斯文八戒着忙急的叫將起來說道斯文斯文肚裡空空沙僧笑道二哥你不曉的天下多少斯文若論起肚〇呂〇佛〇淮〇佛〇一〇何〇說〇得〇〇這〇樣〇妙〇旨〇子裡來正替你我一般哩八戒方纔肯住三藏念了結齋左右徹了席面三藏稱謝寺僧問起東土來因三藏說到古蹟纔問布金寺名之由那僧答曰這寺原是舍衛國給孤獨園寺又名祇園因是給孤獨長者請佛講經金磚布地又易今名我這寺一望之前乃是舍衛國那時給孤獨長者正在舍衛國居住我荒山原是長者之祇園因此遂名給孤布金寺寺後邊還有祇園基址近年間若遇時雨滂霈還淋出金銀珠兒有造化的每每拾着三藏道話不

虛傳果是真、又問道才進寶山見門下兩廊有許多騾馬車擔的行商、為何在此歇宿、衆僧道我這山喚做百脚山、先年且是太平、近因天氣循環不知怎的生幾個蜈蚣精常在路下傷人、雖不至於傷命其實人不敢走山下有一座關喚做雞鳴關但到雞鳴之時才敢過去那些客人因到晚了、惟恐不便權借荒山一宿、等雞鳴後便行、三藏道我們也等雞鳴後去罷師徒們正說處又見拿上齋來却與唐僧等吃畢、此時上弦月皎三藏與行者步月閑行又見個道人來報道我們老師爺要見見中華人物三藏急轉身、見一衆老和尚手持竹杖、向前作禮道此位就是中華來的師父三藏答禮道不敢老僧稱贊不已因問老師高壽三藏道虛度四十五年矣敢問老院主尊壽老僧答道比老師痴長一花甲也行者道今年是一百零五歲了你看我有多少年紀老僧道師家貌古神清況月夜眼光急看不出來敘了一會又向後廊看看三藏道纔說給孤園基址果在何處老僧道後門外就是快教開門但見是一塊空地還有些碎石疊的牆腳三藏合掌嘆曰

憶惜檀那須達多曾將金寶濟貧痾祇園千古留名在長者何方伴覺羅

他都玩着月緩緩而行行近後門外至臺上又坐了一坐

忽聞得有啼哭之聲三藏靜心誠聽哭的是爺娘不知苦痛之言他就感觸心酸不覺淚墮回問衆僧道是甚人在何處悲切老僧見問即命衆僧先回去煎茶見無人方纔對唐僧行者下拜三藏攙起道老院主爲何行此禮老僧道弟子年歲百餘畧通人事每於禪靜之間也曾見過幾番景象若老爺師徒弟子畧知一二與他人不同若言悲切之事非這位師家明辨不得行者道你且說是甚事老僧道舊年今日弟子正明性月之時忽聞一陣風响就有悲怨之聲弟子下榻到祇園基上看處乃是一個美貌端正之女我問他你是誰家女子爲甚到於此地那女子道

我是天竺國國王的公主因爲月下觀花被風刮來的、我將他鎖在一間敝空房裡、將那房砌作個監房模樣門上、止留一小孔僅遞得碗過當日與衆僧傳道是個妖邪被我綑了、但我僧家、乃慈悲之人、不肯傷他性命、每日與他兩頓粗茶粗飯吃着度命、那女子也聰明即解吾意恐爲衆僧點污、就裝風作怪尿裡眠屎裡臥、白日家說胡話、呆呆鄧鄧的、到夜靜靜處、却思量父母啼哭我幾番家進城來化、打探宮主事、全然無損故此堅收緊鎖更不放出今幸老師來國萬望到了國中廣施法、力辨明辨明、一則救援良善、二則昭顯神通也、三藏與行者聽罷、切切在心正說處只見兩個小和尚請吃茶安置遂而回去八戒與沙僧在方丈中突突濃濃的道明日要雞鳴走路此時還不來睡行者道獃子又說甚麼八戒道睡了罷這等夜深還看甚麼景致因此老僧散去唐僧就寢正是那

人靜月沉花夢悄暖風微透壁窻紗銅壺點點看三波
銀漢明明照九華

當夜睡還未久即聽雞鳴那前邊行商烘烘皆起引燈造飯道長老也喚醒八戒沙僧扣馬收拾行者叫點燈來那寺僧已先起來安排茶湯點心在後候敬八戒懽喜吃了一盤饝饝把行李馬匹牽出三藏行者對衆辭謝老僧々

向行者道悲切之事在心在心行者笑道謹領謹領我到城中自能聆音而察理見貌而辨色也那縣行商哄哄嚷嚷的也一同上了大路將有寅時過了雞鳴關至巳時方見城垣真是鐵甕金城神州天府那城

虎踞龍蟠形勢高鳳樓麟閣彩光搖御溝流水如環帶福地依山插錦標曉日旌旗明輦路春風簫鼓徧溪橋國王有道衣冠勝五穀豐登顯俊豪

當日入於東市街衆商各投旅店他師徒們進城正走處有一個會同館驛三藏等徑入驛內那驛內管事的即報驛丞道外面有四個異樣的和尚牽一匹白馬進來了驛

丞聽說有馬就知是官差的出廳迎迓三藏施禮道貧僧是東土唐朝欽差靈山大雷寺見佛求經的隨身有關文入朝照驗借大人高衙一宿事畢就行驛丞答禮道此衙門原設待使客之處理當款迓請進請進三藏喜悅教徒弟們都來相見、那驛丞看見嘴臉醜陋、暗自心驚、不知是人是鬼、戰兢兢的只得看茶擺齋、三藏見他驚怕、道大人勿驚、我等三個徒弟、相貌雖醜、心地俱良、俗謂山惡人善、何以懼爲、驛丞聞言方纔定了心性問道、國師唐朝在於何處三藏道在南贍部洲中華之地、又問幾時離家、三藏道貞觀十三年今已歷過一十四載苦經了些萬水千山方

到此處驛丞道神僧神僧三藏問道上國天年幾何驛丞
道我敝處乃大天竺國自太祖太宗傳到今已五百餘年
現在位的爺爺愛山水花卉號做怡宗皇帝改元靖宴今
已二十八年了三藏道今日貧僧要去見駕倒換關文不
知可得遇朝驛丞道好好正好近因國王的公主娘娘年
登二十青春正在十字街頭高結彩樓拋打繡毬撞天婚
招附馬今日正當熱鬧之際想我國王爺爺還未退朝若
欲倒換關文趁此時好去三藏忻然要去只見擺上齋來
遂與驛丞行者等吃了時已過午三藏道我好去了行者
道我保師父去八戒道我去沙僧道二哥罷麼你的嘴臉

不見怎的莫到朝門外粧胖還教大哥去三藏道悟淨說
得好獃子粗夯悟空還有些細膩那獃子搁着嘴道除了
師父我三個的嘴臉也差不多兒三藏却穿了袈裟行着
拿了引袋同去只見街坊上士農工商文人墨客愚夫俗
子齊咳咳都道看拋綉毬去也三藏立於道傍對行者道
他這里人物衣冠宮室器用言語談吐也與我大唐一般
我想着我俗家先母也是拋打綉毬遇舊姻緣結了夫婦
此處亦有此等風俗行者道我們也去看看如何三藏道
不可不可你我服色不便恐有嫌疑行者道師父你忘了
那給孤布金寺老僧之言一則去看綵樓二則去辨真假

似這般忙忙的，那皇帝必聽公主之喜報，那里視朝理事，且去去來。三藏聽說，真與行者相隨，見各項人等，供在那里看打綉毬。呀，那知此去卻是漁翁拋下鈎和線，從今釣出是非來。話表那個天竺國王，因愛山水花卉，前年帶后妃公主在御花園月夜賞玩，惹動一個妖邪，把真公主攝去，他卻變做一個假公主。知得唐僧今年今月今日今時到此，他假借國家之富，搭起彩樓，欲招唐僧爲偶，採取元陽真氣，以成太乙上仙。正當午時三刻，三藏與行者雜入人叢，行近樓下。那公主纔拈香焚起，祝告天地，左右有五七十多嬌綉女，近侍的捧着綉毬。那樓八窗玲瓏，宮主轉睛觀看見唐僧來得至近將繡毬取過來親手拋在唐僧頭上唐僧着了一驚把個毘盧帽子打歪雙手忙扶着那毬那毬轂轆的滾在他衣袖之內那樓上齊聲發喊道打○○婊○人○偏○要○打○和○尚○着個和尚了打着個和尚了噫十字街頭那些客商人等濟濟哄哄都來奔搶繡毬被行者喝一聲把手搓一搓把腰躬一躬長了有三丈高使個神威弄出醜臉諕得些人跌跌爬爬不敢相近霎時人散行者還現了本像那樓上繡女宮娥并大小太監都來對唐僧下拜道貴人貴人請入朝堂賀喜三藏急還禮扶起衆人回頭埋怨行者道你這猴頭又是撮弄我也行者笑道繡毬兒打在你頭上滾

在你袖裡干我何事埋怨怎麼三藏道似此怎生區處行者道師父你且放心便入朝見駕我回驛報與八戒沙僧等候若是公主不招你便罷倘與換了關文就行如必欲招你你對國王說召我徒弟來我要分付他一聲那時召我三個入朝我其間自能辨別真假此是倚婚降怪之計唐僧無已從言行者轉身回驛那長老被衆宮娥等撮擁至樓前公主下樓玉手相挽同登寶輦擺開儀從回轉朝門早有黄門官先奏道萬歲宮主娘娘挽着一個和尚想是綉毬打着現在午門外候旨那國王見說心甚不喜意欲赶退又不知公主之意何如只得含情宣入公主與唐僧

遂至金鑾殿下正是一對夫妻呼萬歲兩門邪正拜千秋禮畢又宣至殿上開言問道僧人何來遇朕女拋毬得中唐僧俯伏奏道貧僧乃南贍部洲大唐皇帝差往西天大雷音寺拜佛求經的因有長路關文特來朝王倒換路過十字街彩樓之下不期公主娘娘拋綉毬打在貧僧頭上貧僧是出家異教之人怎敢與玉葉金枝爲偶萬望赦貧僧死罪倒換關文打發早赴靈山見佛求經回我國土永註陛下之天恩也國王道你乃東土聖僧正是千里姻緣使線牽寡人公主今登二十歲未婚因擇今日年月日時俱利所以結綵樓拋毬以求佳偶可可的你來拋着你雖

不允却不知公主之意如何那公主叩頭道父王常言嫁雞逐雞嫁犬逐犬（雞道和尚是鷄犬）女有誓愿在先結了這毬告奏天地神明撞天婚抛打今日打着聖僧即是前世之緣遂得今生之遇豈敢更移愿招他爲駙馬國王方喜即宣欽天監正臺官選擇日期一壁廂收拾粧奩又出旨曉諭天下三藏聞言更不謝恩只教放赦放赦國王道這和尚甚不通理朕以一國之富招你做駙馬爲何不在此亭用念念只要取經再若推辭教錦衣官校推出斬了長老諕得魂不附體只得戰兢兢叩頭啓奏道感蒙陛下天恩但貧僧一行四衆還有三個徒弟在外今當領納只是不曾分付得一

言。萬望召他到此。倒換關文。教他早去。不悞了西求之意。國王遂准奏道。你徒弟在何處。三藏道。都在會同館驛。隨即差官。召聖僧徒弟。領關文西去。留聖僧在此爲駙馬。長老只得起身侍立。有詩爲証。

大丹不漏要三全。苦行難成恨惡緣。道在聖傳修在色。善由人積福由天。休逞六根之貪欲。頓開一性本來原。無愛無思自清淨。管教解脫得超然。

當時差官。至會同館驛。宣召唐僧徒弟不題。却說行者。自彩樓下。別了唐僧。走兩步。笑兩聲。喜喜懽懽的回驛。八戒沙僧迎着道。哥哥。你怎庅那般好笑。師父如何不見。行者道師父喜了八戒道還未到地頭又不曾見佛取得經回是何來之喜行者笑道我與師父只走至十字街綵樓之下可可的被當朝公主拋繡毬打中了師父師父被些宮娥綵女太監推擁至樓前同公主坐輦入朝招爲駙馬此非喜而何八戒聽說跌脚搥胸道早知我去好來都是那沙僧憊懶你不阻我我徑奔綵樓之下一繡毬打着我（市井上之談亦自有趣）老豬那公主招了我却不美哉妙哉俊刮標致停當大家造化耍子兒何等有趣沙僧上前把他臉上一抹道不羞不羞好個嘴把姑子三錢銀子買個老驢自誇騎得要是一繡毬打着你就連夜燒退送紙也還道遲了敢惹你這

晦氣進門。八戒道。你這黑子。不知趣醜自醜還有些風味。自古道。皮肉粗糙。骨格堅强。各有一得可取。行者道。獃子莫胡談。且收拾行李。但恐師父着了急。來叫我們。却好進朝保護他。八戒道。哥哥。又說差了。師父做了駙馬。到宮中與皇帝的女兒交懽。又不是爬山蹥路。遇怪逢魔。要你保護他怎的。他那樣一把子年紀。豈不知被窩裡之事。要你去扶持。行者一把揪住耳躲。輪拳罵道。你這個淫心不斷的夯貨。說那甚胡說。正吵閙間。只見馹丞來報道。聖上有旨。差官來請三位。聖僧。八戒道。端的請我們為何。馹丞道老神僧幸遇公主娘娘。打中綉毬。招為駙馬。故此差官來請行者道差官在那里教他進來那官看行者施禮禮畢不敢仰視只管暗念誦道是鬼是怪是雷公夜义行者道那官見有話不說為何沉吟那官見慌得戰戰兢兢的雙手舉着聖旨口裡亂道我公主有請會親我公主會親有請八戒道我這里沒刑具不打你你慢慢說不要怕行者道莫亂道怕你打怕你那臉嘴快收拾挑擔牽馬朝見師父議事去也這正是

路逢狹道難迴避　定教恩愛反為仇

畢竟不知見了國王有何話說且聽下回分解

總批

一部西遊記獨此回為第一義矣此回內說斯文肚裡空空處真是活佛出世方能說此妙語今日這班做舉子業斯文不識一瞎字真正可憐不知是何緣故却被豬八戒沙和尚看出破綻來也大善大善

第九十四回

四僧宴樂御花園　一怪空懷情慾喜

話表孫行者三人隨着宣召官至午門外黃門官即時傳奏宣進他三個齊齊站定更不下拜國王問道那三位是聖僧駙馬之高徒姓甚名誰何方居住因甚事出家取何經卷行者即近前意欲上殿傍有護駕的喝道不要走有甚話立下奏來行者笑道我們出家人得一步就進一步隨後八戒沙僧亦俱近前長老恐他村鹵驚駕便起身叫道徒弟呵陛下問你來因你即奏上行者見他那師父在傍侍立忍不住大叫一聲道陛下不輕人重己既招我師爲

駙馬如何教他侍立世間稱女夫謂之貴人豈有貴人不坐之理國王聽說大驚失色欲退殿恐失了觀瞻只得硬着膽教近侍的取繡墩來請唐僧坐了行者纔奏道老孫祖居東勝神州傲來國花果山水簾洞父天母地石裂吾生曾拜至人學成大道復轉仙鄉嘯聚在洞天福地下海降龍登山擒獸消死名上生籍官拜齊天大聖翫賞瓊樓喜游寶閣會天仙日日歌懽居聖境朝朝快樂只因亂却蟠桃宴大反天宮被佛擒伏困壓在五行山下饑飡鐵彈渴飲銅汁五百年未嘗茶飯幸我師出東土拜西方觀音教令脫天災離大難皈正在瑜伽

門下舊諱悟空稱名行者
國王聞得這般名重慌得下了龍牀走將來以御手挽定
長老道駙馬也是朕之天緣得遇你這仙姻仙眷三藏滿
口謝恩請國王登位復問那位是第二高徒八戒掬嘴揚
威道
老猪先世爲人貪懽愛懶一生混沌亂性迷心未識天
高地厚難明海濶山遥正在幽閑之際忽然遇一眞人
半句話解開業網兩三言劈破災門當時省悟立地投
師謹修二八之工夫敬煉三三之前後行滿飛昇得超
天府荷蒙玉帝厚恩官賜天蓬元帥管押河兵逍遥漢

關。只因蟠桃酒醉。戲弄嫦娥。謫官職遭貶臨凡。錯投胎托生豬像。住福陵山。造孽無邊。遇觀音指明善道。皈依佛教。保護唐僧。徑往西天。拜求妙典。法諱悟能。稱爲八戒。

國王聽言、膽戰心驚、不敢觀覷這獃子越弄精神、搖着頭掬着嘴、撐起耳朶、呵呵大笑、三藏又怕驚駕、即叱道、八戒收斂、方纔叉手拱立、假扭斯文、又問第三位高徒因甚皈依沙和尚合掌道

老沙原係凡夫。因怕輪迴。訪道。雲游海角。浪蕩天涯。常得衣鉢隨身。每煉心神在舍。因此虔誠。得逢仙侶。養就

孩兒配緣姹女工滿三千合和四相超天界拜玄穹官
授捲簾大將侍御鳳輦龍車封號將軍也爲蟠桃會上
失手打破玻璃盞貶在流沙河改頭換面造業傷生幸
善菩薩遠遊東土勸我皈依等候唐朝佛子往西天求
經果正從立自新復修大覺指河爲姓法諱悟淨稱名
和尚
國王見說多驚多喜喜的是女兒招了活佛驚的是三個
實乃妖神正在驚喜之間忽有正臺陰陽官奏道婚期已
定本年本月十三日壬子良辰周堂通利宜配婚姻國王
道今日是何日辰陰陽官奏今日初八乃戊申之日猿猴

獻果。正宜進賢納事。國王大喜。即着當駕官。打掃御花園館閣樓亭。且請附馬同三位高徒安歇。待後安排合巹佳筵。與公主匹配。衆等欽遵。國王退朝。多官皆散不題。却說三藏師徒們都到御花園。天色漸晚。擺上素膳。八戒喜道這一日也該吃飯了。管辦人。即將素米飯麵飯等物。整擔挑來。那八戒吃了又添。添了又吃。直吃到撐腸拄腹。方纔住手。少頃。又點上燈。設鋪蓋。各自歸寢。長老見左右無人却恨責行者。怒聲叫道。悟空。你這猢猻。番番害我。我說只（這和尚委是怕陰的）去倒換關文。莫向綵樓前去。你怎麼直要引我去看看。如今看得好麼。却惹出這般事來。怎生是好。行者陪笑道。師父說先母也是拋打繡毬遇舊緣成其夫婦似有慕古之意老孫纔引你去又想着那個給孤布金寺長老之言就此探視真假適見那國王之面畧有些晦暗之色但只未見公主何如耳長老道你見公主便怎的行者道老孫的火眼金睛但見面就認得真假善惡富貴貧窮却好施爲辨分邪正沙僧與八戒笑道哥哥近日又學得會相面了行者道相面之士當我孫子罷了三藏喝道且休調嘴只是他如今定要招我將何以處之行者道且到十三日會喜之時必定那公主出來參拜父母等老孫在傍觀看若還是個真女人你就做了駙馬享用國內之榮華也罷三

藏聞言越生嗔怒罵道好猢猻、你還害我哩、却是悟能說的我們十節兒、已上了九節七八分了、你還把熱舌頭鐸我、快早夾着你休開那臭口、再若無禮、我就念起呪來、教你了當不得、行者聽說念呪、慌得跪在面前道莫念莫念、若是眞女人、待拜堂時、我們一齊大鬧皇宮、領你去也、師徒說話、不覺早已入更、正是

沉沉宮漏、蔭蔭花香、繡戶垂珠箔、閑庭絕火光、鞦韆索冷空留影、羌笛聲殘靜四方、繞屋有花籠月燦、隔宮無樹顯星芒、杜鵑啼歇、蝴蝶夢長、銀漢橫天宇、白雲歸故鄉、正是離人情切處、風搖嫩柳更淒涼、

八戒道師父夜深了有事明早再議且睡且睡師徒們果然安歇一宵夜景不題早又金雞唱曉五更三點國王即登殿設朝但見

宮殿開軒紫氣高風吹御樂透青霄雲移豹尾旌旗動日射螭頭玉佩搖香霧細添宮柳綠露珠微潤苑花嬌山呼舞蹈千官列海晏河清一統朝

衆文武百官朝罷又宣光祿寺安排十二日會喜佳筵今日且整春罍請駙馬在御花園中款翫分付儀制司領三位賢親去會同館少坐着光祿寺安排三席素宴去彼奉陪兩處俱着教坊司奏樂伏侍賞春景消遲日也八戒聞

言應聲道陛下我師徒自相會更無一刻相離今日既在御花園飲宴帶我們去耍兩日好教師父替你家做駙馬不然這個買賣生意弄不成那國王見他醜陋說話粗俗又見他扭頭揑頸掬嘴巴搖耳躲即像有些風氣猶恐攪破親事只得依從便教在永鎮華夷閣裡安排二席我與駙馬同坐留春亭上安排三席請三位別坐恐他師徒們坐次不便那獃子纔朝上唱個惹叫聲多謝各各而退又傳旨教內宮官排宴着三宮六院后妃與宮主上頭就爲添粧餪子以待十二日佳配將有巳時前後那國王排駕請唐僧都到御花園內觀看好去處

徑鋪彩石。檻甃雕闌徑鋪彩石。徑邊石畔長奇葩。檻甃雕闌。檻外闌中生異卉。天桃迷翡翠。嫩柳囀黃鸝。步覺幽香來袖滿。行沾清味上衣多。鳳臺龍沼。竹閣松軒。鳳臺之上。吹簫引鳳來儀。龍沼之間。養魚化龍而去。竹閣有詩。費盡推敲裁白雪。松軒文集。考成珠玉註青編。假山拳石翠。曲水碧波深。牡丹亭。薔薇架。叠錦鋪絨。茉藜檻。海棠畦。堆霞砌玉。芍藥異香。蜀葵奇艷。白梨紅杏鬭芳菲。紫蕙金萱爭爛熳。麗春花。木筆花。杜鵑花。夭夭灼灼。含笑花。鳳仙花。玉簪花。戰戰巍巍。一處處紅透胭脂潤。一叢叢芳濃錦繡圍。更喜東風回煖日。滿園嬌媚逞光輝。
一行君王幾位。觀之良久。早有儀制司官。邀請行者三人入留春亭。國王携唐僧上華夷閣。各自飲宴。那歌舞吹彈鋪張陳設。真是
崢嶸閶闔曙光生。鳳閣龍樓瑞靄横。春色細鋪花草繡。天光遥射錦袍明。笙歌繚繞如仙宴。盃斝飛傳玉液清。君悦臣懽同玩賞。華夷永鎮世康寧。
此時長老見那國王敬重。無計可奈。只得勉强隨喜。誠是外喜而内憂也。坐間見壁上掛四面金屏。屏上畫着春夏秋冬四景。皆有題咏。俱是翰林名士之詩。

春景詩曰周天一氣轉洪鈞大地熙熙萬象新桃李爭
妍花爛熳燕來畫棟疊香塵
夏景詩曰薰風拂拂思遲遲宮院榴葵映日輝玉笛音
調驚午夢芰荷香散到庭幃
秋景詩曰金井梧桐一葉黃珠簾不捲夜來霜燕知社
日辭巢去雁折蘆花過別鄉
冬景詩曰天雨飛雲暗淡寒朔風吹雪積千山深宮自
有紅爐煖報道梅開玉滿欄
那國王見唐僧恣意看詩便道駙馬喜翫詩中之味必定
善于吟哦如不吝珠玉請依韻各和一首如何長老是個

對景忘情明心見性之意見國王欽重命和前韻他不覺忽談一句道日暖氷消大地鈞國王大喜（說假事宛如眞事）即召侍衛官取文房四寶請駙馬和完錄下俟朕緩緩味之長老忻然不辭舉筆而和

和春景詩曰日煖氷消大地鈞御園花卉又更新和風膏雨民沾澤海晏河淸絕俗塵

和夏景詩曰斗指南方白晝遲槐雲榴火鬬光輝黃鸝紫燕啼宮柳巧轉雙聲入絳幃（附馬詩雖不工然無和尚氣亦可取也）

和秋景詩曰香飄橘綠與橙黃松栢青青喜降霜籬菊半開攢錦繡笙歌韻徹水雲鄉

和冬景詩曰瑞雪初晴氣味寒奇峯巧石玉團山爐燒獸炭煨酥酪袖手高歌倚翠欄國王見和大喜稱唱道好個袖手高歌倚翠欄遂命教坊司以新詩奏樂盡日而散行者三人在留春亭亦儘受用各飲了幾杯也都有些酬意正欲去尋長老只見長老已同國王一閣八戒獃性發作憑聲叫道好快活好自在今日也受用這一日了卻該趁飽兒睡覺去也沙僧笑道二哥忒沒修養這氣飽飫如何睡覺八戒道你那里知俗語云喫了飯兒不挺屍肚裡沒板脂唐僧與國王相別只謹言只謹言既至亭內嗔責他三人道汝等越發村了這

是甚麼去處，只管大呼小叫，倘或惱着國王，却不被他傷害性命。八戒道：沒事沒事，我們與他親家禮道的，他便不好生怪。常言道，打不斷的親，罵不斷的隣，大家耍子，怕他怎的。長老叱道：教拿過獃子來，打他二十禪杖。行者果一把揪翻，長老舉杖就打。獃子喊叫道：駙馬爺爺饒罪，饒罪。傍有陪宴官勸住，獃子爬將起來，突突囔囔的道：好貴人，好駙馬，親還未成，就行起王法來了。行者侮着他嘴道：莫胡說，莫胡說，快早睡去。他們又在畱春亭住了一宿，到明早依舊宴樂，不覺樂了三四日，正值十二日佳辰，有光祿寺大部各官回奏道：臣等自八日奉旨，駙馬府已修完，專候粧奩鋪設，合巹宴亦已完備，葷素共五百餘席。國王心喜，欲請駙馬赴席，忽有內宮官對御前啓奏道：萬歲，正宮娘娘有請。國王遂退入內宮，只見那三宮皇后，六院嬪妃，引領着公主，都在昭陽宮談笑，眞個是花團錦簇，那一片富麗妖嬈，眞勝似天堂月殿，不亞于仙府瑤宮。有喜會佳姻新詞四首爲証

喜詞云：喜喜喜，忻然樂矣，結婚姻，恩愛美，巧樣宮粧，嫦娥怎比，龍釵與鳳鐶，艷艷飛金縷，櫻唇皓齒朱顏，嬝娜如花輕體，錦重重，花彩叢中，香拂拂，千金隊裡

會詞云：會會會，妖嬈嬌媚，賽毛嬙，欺楚妹，傾國傾城，比

花比玉粧飾更新妍釵環多豔麗蘭心蕙性清高粉臉
氷肌榮貴黛眉一線遠山微窈窕娘共攢錦隊
佳詞云佳佳佳玉女仙娃深可愛實堪誇異香馥郁脂
粉交加天台福地遠怎似國王家笑語紛然嬌態笙歌
繚繞喧嘩花堆錦砌千般美看遍人間怎若他
姬詞云姻姻姻蘭麝香噴仙子陣美人羣嬪妃換彩公
主粧新雲髻堆鴉璧霓裳壓鳳裙一派仙音嘹亮兩行
朱紫繽紛當年曾結乘鸞信今朝幸喜會佳姻
却說國王駕到那后妃引着公主并彩女宮娥都來迎接
國王喜孜孜進了昭陽宮坐下后妃等朝拜畢國王道公

主賢女自初八日結彩拋毬幸遇聖僧想是心願已足各衙門官又能體朕心各項事俱已完備今日正是佳期可早赴合巹之宴不要錯過時辰那公主走近前倒身下拜奏道父王乞赦小女萬千之罪有一言啓奏這幾日聞得宮官傳說唐聖僧有三個徒弟都生得十分醜惡小女不敢見他恐見時必生恐懼萬望父王將他發放出城方好不然驚傷弱體反爲禍害也國王道孩兒不說朕幾乎忘了果然生得有些醜惡連日教他在御花園裡留春亭管待趁今日就上殿打發他關文教他出城却好會宴公主叩頭謝了恩國王即出宮上殿傳旨請駙馬共他三位原

來。那唐僧掐指頭兒筭日子。數至十二日。天未明就與他三人計較道。今日却是十二了。這事如何區處。行者道。那國王我已識得他有些晦氣。還未沾身。不爲大害。但只不得公主見面。若得出來。老孫一覷。就知眞假。方纔動作。你只管放心。他如今一定來請。打發我等出城。你自應承。莫怕我閃閃身兒就來。緊緊隨護你也。師徒們正講。果見當駕官同儀制司來請。行者笑道。去來去來。必定是與我們送行。好留師父會合。八戒道。送行必定有千百兩黃金白銀。我們也好買些人事回去。到我那丈人家。也再會親耍子兒去耶。沙僧道。二哥。箝着口。休亂說。只憑大哥主張。遂此將行李馬匹俱隨那些官到于丹墀下國王見了教請行者三位近前道汝等將關文拿上來朕當用寶花押交付汝等外多備盤纏送你一一早去靈山見佛若取經回來還有重謝留駙馬在此勿得懸念行者稱謝遂教沙僧取出關文遞上國王看了即用了印押了花字又取黃金十錠白金二十錠聊達親禮八戒原來財色心重卽去接了行者朝上唱個喏道聒噪聒噪便轉身要走慌得個三藏一轂轆爬起扯住行者咬響牙根道你們都不顧我就去了行者把手揑着三藏手掌丟個眼色道你在這里寬懷懽會我等取了經回來看你那長老似信不信的不肯

放手。多官都看見。以為實是相別而去。早見國王。又請駙馬上殿著多官送三位出城長老只得放了手。上殿。行者三人。同衆出了朝門各自相別。八戒道。我們當真的走哩。行者不言語。只管走只管走。至驛中。驛丞接入。看茶擺飯行者對八戒沙僧道你兩個只在此切莫出頭。但驛丞問甚麼事情。且含糊答應莫與我話說。我保師父去也好大聖。拔一根毫毛。吹口仙氣。叫變。即變作本身模樣。與八戒沙僧同在驛內眞身却幌的跳在半空。變作一個蜜蜂兒其實小巧。但見。

翅黃口甜尾利。隨風飄舞顛狂。最能摘蕋與偷香。度柳

穿花擺蕩辛苦幾番、淘渫飛來飛去空忙、釀成濃美自
何當只好留存名狀、

你看他輕輕的飛入朝中、觀見那唐僧、在國王左邊繡墩上坐着、愁眉不展、心存焦躁、竟飛至他毘盧帽上、悄悄的爬近耳邊、叫道師父我來了、切莫憂愁、這句話、只有唐僧聽見、那夥凡人、莫想知覺、唐僧始覺心寬、不一時、宮官來請道萬歲、合巹嘉筵已排設在鳷鵲宮中、娘娘與公主俱在宮伺候、專請萬歲同貴人會親也、國王喜之不盡、道同駙馬進宮而去、正是那

邪主愛花花作禍　禪心動念念生愁

畢竟不知唐僧在內宮怎生解脫且聽下回分解

總批

一諺語云皇帝女壻名附馬諸侯女壻當名附驢到得舉人進士女壻只好名附狗罷了因見唐僧做附馬事笑而書此○西遊妙處只是說假如眞令人解頤

第九十五回

假合形骸擒玉兔　真陰歸正會靈元

却說那唐僧憂憂愁愁隨着國王至後宮只聽得鼓樂喧天隨聞得異香撲鼻低着頭不敢仰視行者暗裏忻然丁在那毘盧帽頂上運神光睜火眼金睛觀看又只見那兩班彩女擺列的似蕋宮仙府勝强似錦帳春風真個是

婷婷嬝娜玉質冰肌一雙雙嬌欺楚女一對對美賽西施雲髻高盤飛彩鳳蛾眉微顯遠山低笙簧雜奏簫鼓頻吹宮商角徵羽抑揚高下齊清歌妙舞常堪愛錦砌花團色色怡

行者見師父全不動念暗自裏咂嘴誇稱道好和尚好和尚身居錦繡心無愛足步瓊瑤意不迷少時皇后嬪妃簇擁着公主出鳷鵲宮一齊迎接都道聲我王萬歲萬萬歲慌的個長老戰戰兢兢莫知所措行者早已知識見那公主頭直上微露出一點妖氛却也不十分兇惡即忙爬近耳邊叫道師父公主是個假的長老道是假的却如何教他現相行者道使出法身就此拿他也長老道不可不可恐驚了主駕且待君后退散再使法力那行者一生性急那里容得大咤一聲現了本相趕上前揪住公主罵道好孽畜你在這里弄假成真只在此這等受用也儘勾了心

尚不足，還要騙我師父，破他的眞陽，遂你的淫性，哄得那國王，呆呆挣挣，后妃跌跌爬爬，宮娥彩女，無一個不東躲西藏，各顧性命，好便似

春風蕩蕩，秋氣瀟瀟，春風蕩蕩過園林，千花擺動，秋氣瀟瀟來徑苑，萬葉飄搖，刮折牡丹欹檻下，吹歪芍藥臥欄邊，沼岸芙蓉亂撼，臺基菊蕊鋪堆，海棠無力倒塵埃，玫瑰有香眠野境，春風吹折芰荷楟，冬雪壓歪梅嫩蕊，石榴花瓣，亂落在內院東西，岸柳枝條，斜垂在皇宮南北，好花風雨一宵狂，無數殘紅鋪地錦，

三藏一發慌了手腳，戰兢兢抱住國王，只叫陛下，莫怕莫

怕此是我頑徒使法力辨眞假也却說那妖精見事不諧掙脫了手解剝了衣裳捽落了釵環首飾即跑到御花園上地廟裏取出一條碓嘴樣的短棍急轉身來亂打行者行者隨即跟來使鐵棒劈面相迎他兩個吆吆喝喝就在花園內鬬起後却大顯神通各駕雲霧殺在空中這一場

金箍鐵棒有名聲碓嘴短棍無人識一個因取眞經到此方一個爲愛奇花來住跡那怪久知唐聖僧要來配合元精液舊年攝去眞公主變作人身欽愛惜今逢大聖認妖氣救援活命分虛的短棍行兇着頂丢鐵棒施威迎面擊喧喧嚷嚷兩相持雲霧滿天遮白日

這兩個殺在半空賭鬭，唬得那滿城中百姓心慌，大朝裏多官膽怕，長老扶着國王，只叫休驚，請勸娘娘與衆等莫怕，你公主是個假作真形的，等我徒弟拿住他，方知好歹也，那些妃子有膽大的，把那衣服釵環拿與皇后看了，道這是公主穿的戴的，今都丟下，精着身子，與那和尚在天上爭打，必定是個妖邪，此時國王后妃人等，纔正了性，望空仰視不題，却說那妖精與大聖鬭經半日，不分勝敗，行者把棒丟起，叫一聲變，就以一變十，以十變百，以百變千，半天裏好似蛇遊蟒攪，亂打妖邪，妖邪慌了手脚，將身一閃，化道清風，即奔碧空之上逃走，行者念聲咒語，將鐵棒收做一根縱祥光一直赶來將近西天門望見那旌旗燗灼行者厲聲高叫道把天門的攩住妖精不要放他走了真個那天門上有護國天王帥領着龐劉苟畢四大元帥各展兵器攔阻妖邪不能前進急回頭捨死忘生使短棍又與行者相持這大聖用心力輪鐵捧仔細迎着看時見那短棍兒一頭壯一頭細却是舂碓臼的杵頭模樣叱咤一聲喝道孽畜你拿的是甚麼器械敢與老孫抵敵快早降伏免得這一棒打碎你的天靈那妖邪咬着牙道你也不知我這兵器聽我道

仙根是段羊脂玉磨琢成形不計年混沌開時吾已得

洪濛判處我當先，源流非此凡間物。本性生來在上天，一體金光和四相，五行瑞氣合三元。隨吾久住蟾宮內，伴我常居桂殿邊。因爲愛花垂世境，故來天竺假嬋娟。與君共樂無他意，欲配唐僧了宿緣。你怎欺心破佳偶，你尋趕戰逞兇頑。這般器械名頭大，在你金箍棒子前。廣寒宮裏搗藥杵，打人一下命歸泉。

行者聞說，呵呵冷笑道：好孽畜阿，你既住在蟾宮之內，就不知老孫的手段，你還敢在此支吾，快早現相降伏，饒你性命。那妖道：我認得你是五百年前大鬧天宮的弼馬溫，理當讓你，但只是破人親事，如殺父母之讐，故此情理不甘。要打你欺天罔上的弼馬温。那大聖斷得是弼馬温三字。他聽得此言。心中大怒。舉鐵棒。劈面就打。那妖邪。輪杵來迎。就於西天門前發狠相持。這一場。

金箍棒。搗藥杵。兩般仙氣眞堪比。那個爲結婚姻降世間。這個因保唐僧到這里。原來是國王沒正經。愛花引得妖邪喜。致使如今恨苦爭。兩家都把頑心起。一衝一撞賭輸羸。劖言劖語齊鬬嘴。藥杵英雄世罕稀。鐵棒神威還更美。金光湛湛幌天門。彩霧輝輝遮地里。來往戰經十數回。妖邪力弱難搪抵。

那妖精與行者。又鬬了十數回。見行者的棒勢緊密。料難取勝虛丟一杴將身幌一幌金光萬道徑奔正南上敗走大聖隨後追襲忽至一座大山妖精按金光鑽入山洞寂然不見又恐他遯身回國暗害唐僧他認了這山的規模返雲頭徑轉國內此時有申時矣那國王正扯着三藏戰戰兢兢只叫聖僧救我那些嬪妃皇后也正愴惶只見大聖自雲端裏落將下來叫道師父我來也三藏道悟空立住不可驚了聖躬我問你假公主之事端的如何行者立於媽鵲宮外叉手當胸道假公主是個妖邪初時與他打了半日他戰不過我化道清風徑往天門上跑是我吆喝天神擋住他現了相又與我鬭到十數合又將身化作金

光敗回正南上一座山上我急追至山無處尋覓恐怕他來此害你特地回顧國王聽說扯着唐僧問道既然假公主是個妖邪我真公主在于何處行者應聲道待我拿住假公主你那真公主自然來也那后妃等聞得此言都解了恐懼一個個上前拜告道望聖僧救得我真公主來分了明暗必當重謝行者道此間不是我們說話處請陛下與我師出宮上殿娘娘等各轉回宮召我師弟八戒沙僧來保護師父我却好去降妖一則分了內外二則免我懸掛謹當辨明以表我一場心力國王依言感謝不已遂與唐僧携手出宮徑至殿上衆宮妃各各回宮一壁廂我備

素膳。一壁廂召八戒沙僧。須臾間二人早至。行者備言前事。教他兩個用心護持。這大聖縱觔斗雲。飛空而去。那殿前多官。一個個望空禮拜不題。孫大聖徑至正南方那座山上尋找。原來那妖邪。敗了陣。到此山。鑽入窩中。將門兒使石塊攩塞。虛怯怯藏隱不出。行者尋一會。不見動靜。心甚焦惱。捻着訣。念動真言。喚出那山中土地山神審問。少時二神至了。叩頭道。不知不知。知當遠接。萬望恕罪。行者道。我且不打你。我問你。這山叫做甚麼名字。此處有多少妖精。從實說來。饒你罪過。二神告道。大聖。此山喚做毛頴山。山中只有三處兔穴。亘古至今。沒甚妖精。乃五環之福

想多是修西方的變的

地也大聖要尋妖精還是西天路上去有行者道老孫到了西天天竺國那國王有個公主被個妖精攝去抛在荒野也就變做公主模樣戲哄國王結綵樓抛繡毬欲招駙馬我保唐僧至其樓下被他有心打着唐僧欲爲配偶誘取元陽是我識破就於宮中現身捉獲他就脫了衣服首飾使一條短棍喚名搗藥杵與我鬬了半日他就化清風而去被老孫趕至西天門又鬬有十數合他料不能勝復化金光逃至此處如何不見二神聽說即引行者去那三窟中尋找始於山脚下窟邊看處亦有幾個草兎兒也驚得走了尋至絕頂上窟中看時只見兩塊大石頭將窟門

揪住土地道此間必是妖邪起急鑽進去也行者即使鐵棒捎開石塊那妖邪果藏在裏面呼的一聲就跳將出來舉藥杵來打行者輪起鐵棒架住唬得那山神倒退土地忙奔那妖邪口裏嚷嚷突突的罵着山神土地道誰教你引着他往這里來找尋他支支撐撐的抵着鐵棒且戰且退奔至空中正在危急之際却又天色晚了這行者愈發狠性下毒手恨不得一棒打殺忽聽得九霄碧漢之間有人叫道大聖莫動手莫動手棍下留情行者回頭看時原來是太陰星君後帶着姮娥仙子降彩雲到於當面慌得行者收了鐵棒躬身施禮道老太陰那里去老孫失迴

避了太陰道與你對敵的這個妖邪是我廣寒宮搗玄霜仙藥之玉兔他私自偷開玉關金鎖走出宮來經今一載我算他目下有傷命之災特來救他性命望大聖看老身饒他罷行者喏喏連聲只道不敢不敢怪道他會使搗藥杵原來是個玉兎兒老太陰不知他攝藏了天竺國王之公主却又假合眞形欲破我聖僧師父之元陽其情其罪其實何甘怎麽便可輕恕饒他太陰道你亦不知那國王之公主也不是凡人原是蟾宮中之素娥十八年前他曾把玉兎兒打了一掌却就思凡下界一靈之光遂投胎於國王正宮皇后之腹當時得以降生這玉兎兒懷那一掌

之讐故於舊年私走出宮拋素娥於荒野但只是不該欲配唐僧此罪眞不可挽幸汝留心識破眞假却也未曾傷損你師萬望看我面上恕他之罪我收他去也行者笑道旣有這些因果老孫也不敢抗違但只是你收了玉兎兒恐那國王不信敢煩太陰君同衆仙姝將玉兎兒拿到那廂對國王明証明証一則顯老孫之手段二來說那素娥下降之因由然後着那國王取素娥公主之身以見顯報之意也太陰君信其言用手指定妖邪喝道那孽畜還不歸正同來玉兎兒打個滾現了原身眞個是

缺唇尖齒長耳稀鬚團身一塊毛如玉展足千山蹄若

飛瓊鼻垂酥果賽霜華塡粉膩雙睛紅映猶欺雪上點
胭脂伏在地白穰穰一堆素練伸開腰白鑠鑠一架銀
絲幾番家吸殘清露瑶天曉搗藥長生玉杵奇
那大聖見了不勝忻喜踏雲光向前引導那太陰君領着
衆姮娥仙子帶着玉兎兒徑轉天竺國界此時正黄昏看
看月上到城時聞得樵樓上擂鼓那國王與唐僧尚在殿
内八戒沙僧與多官都在堦前方議退朝只見正南上一
片彩霞光明如晝衆擡頭看處又聞得孫大聖厲聲高叫
道天竺陛下請出你那皇后嬪妃看看者這寶幢下乃月宫
太陰星君兩邊的仙妹是月裏嫦娥這個玉兎兒却是你

家的假公主今現眞相也那國王急召皇后妃嬪與宮娥彩女等衆朝天禮拜他和唐僧及多官亦俱望空拜謝滿城中各家各戶也無一人不設香案叩頭念佛正此觀看處猪八戒動了慾心忍不住跳在空中把霓裳仙子抱住道姐姐我與你是舊相識我和你耍子兒去也行者上前揪着八戒打了兩掌罵道你這個村潑獃子此是甚麼去處敢動淫心八戒道拉閑散悶耍子而已那太陰君令轉仙幢與衆姮娥收回玉兎徑上月宮而去行者把八戒揪落塵埃這國王在殿上謝了行者又問前因道多感神僧大法力捉了假公主朕之眞公主却在何處所也行者道

你那眞公主也不是凡胎就是月宮裏素娥仙子因十八年前他將玉兎兒打了一掌就思凡下界投胎在你正宮腹內生下身來那玉兎兒懷恨前讐所以於舊年間偷開玉關金鎖走下來把素娥攝拋荒野他却變形哄你這段因果是太陰君親口纔與我說的今日旣去其假者明日請御駕去尋其眞者國王聞說又心意慚惶止不住腮邊流淚道孩兒我自幼登基雖城門也不曾出去却教我那里去尋你也行者笑道不須煩惱你公主現在給孤布金寺裏粧風今且各散到天明我還你個眞公主便了衆官拜伏奏道我王且心寬這幾位神僧乃騰雲駕霧之佛必

知未來過去之因由。明日煩神僧同去一尋。便知端的。國王依言。即請至留春亭擺齋安歇。此時已近二更。正是那

銅壺玉漏月華明。金鐸叮噹風送聲。杜宇正啼春去半。落花無路近三更。御園寂寞鞦韆影。碧落空浮銀漢橫。三市六街無客走。一天星斗夜光晴。

當夜各寢不題。這一夜國王退了妖氣。陡長精神。至五更三點。復出臨朝。朝畢。命請唐僧四衆。議尋公主。長老隨至朝上行禮。大聖三人。一同打個問訊。國王欠身道。昨所云公主孩兒。敢煩神僧爲一尋救。長老道。貧僧前日自東來。行至天晚。見一座給孤布金寺。特進求宿。幸那寺僧相待。

當晚齋罷步月閒行行至布金舊園觀看基址忽聞悲聲入耳詢問其由本寺一老僧年已百歲之外他屏退左右方說道悲聲者乃舊年春深特我正明性月忽然一陣風生就有悲怨之聲下榻到祇園基上看處乃是一個女子詢問其故那女子道我是天竺國國王公主因爲夜間翫月觀花被風刮至於此那老僧多知人禮即將公主鎖在一間僻靜房中惟恐本寺頑僧汚染只說是妖精被我鎖住公主識得此意日間胡言亂語討些茶飯喫了夜深無人處思量父母悲啼那老僧也曾來國打聽幾番見公主在宮無恙所以不敢聲言舉奏因見我徒弟有些神通那

老僧千叮萬囑，教貧僧到此查訪，不期他原是蟾宮玉兔為妖，假合真形，變作公主模樣，他却又有心要破我元陽，幸虧我徒弟施威顯法，認出真假，今已被太陰星收去，賢公主見在布金寺粧風也。國王見說此詳細，放聲大哭，早驚動三宮六院，都來問及前因，無一人不痛哭者。良久，國王又問布金寺離城多遠。三藏道，只有六十里路。國王遂傳旨，着東西二宮，守殿掌朝，太師衛國，朕同正宮皇后，帥多官，四禪僧，去寺取公主也。當時擺駕，一行出朝，你看那行者就跳在空中，把腰一扭，先到了寺裏，衆僧慌忙跪接道，老爺去時，與衆步行，今日何從天上下來。行者笑道，你那老師在於何處快叫他出來排設香案接駕天竺國王皇后多官與老師父都來了眾僧不解其意即請出那老僧老僧見了行者倒身下拜道老爺公主之事如何行者把那假公主拋繡毬欲配唐僧并赶捉賭鬬與太陰星收去玉兎之言備陳了一遍那老僧又磕頭拜謝行者攙起道且莫拜且莫拜快安排接駕眾僧纔知後房裏鎖得是個女子一個個驚驚喜喜便都設了香案擺列山門之外穿了袈裟撞起鐘鼓等候不多時聖駕早到果然是

繽紛瑞藹滿天香一坐荒山倏被祥虹流千載清河海電繞長春賽禹湯草木沾恩添秀色野花得潤有餘芳

古來長者留遺跡今喜明君降寶堂
國王到於山門之外只見那衆僧齊齊整整俯伏接拜又見孫行者立在中間國王道神僧何先到此行者笑道老孫把腰略扭一扭兒就到了你們怎麼就走這半日隨後唐僧等俱到長老引駕到於後面房邊那公主還粧風胡說老僧跪指道此房內就是舊年風吹來的公主娘娘國王即令開門隨即打開鐵鎖開了門國王與皇后見了公主認得形容不顧穢污近前一把摟抱道我的受苦的兒呵你怎麼遭這等折磨在此受罪真是父母子女相逢比他人不同三人抱頭大哭哭了一會叙畢離情即令取香

湯。教公主沐浴更衣。上輦回國。行者又對國王拱手道。老孫還有一事奉上。國王荅禮道。神僧有事分付。朕即從之。行者道。他這山名爲百脚山。近來說有蜈蚣成精。黑夜傷人。往來行旅。甚爲不便。我思蜈蚣。惟鷄可以降伏。可選絕大雄鷄千隻。撒放山中。除此毒虫。就將此山名改換。（好心腸只以救人爲事。）換賜文一道勑封。就當謝此僧供養公主之恩也。國王甚喜。領諾。隨差官進城取鷄。又改山名爲寶華山。仍着三部辦料。重修。賜與封號。喚做勑建寶華山。給孤布金寺。把那老僧封爲報國僧官。永遠世襲。賜俸米十六石。僧衆謝了恩。送駕回宮。公主入宮。各各相見。安排筵宴。與公主釋悶賀

喜后妃毋子。復聚首團圞。國王君臣亦共喜飲宴一宵。不
題次早國王傳旨。召丹青圖下聖僧四衆喜容。供養在華
夷樓上。又請公主新粧重整。出殿謝唐僧四衆救苦之恩
謝畢。唐僧辭王西去。那國王那里肯放。大設佳宴。一連喫
了五六日。着實好了獃子。儘力放開肚量受用。國王見他
們拜佛心重。苦留不住。遂取金銀二百錠。寶貝各一盤奉
謝。師徒們一毫不受。教擺鑾駕。請老師父登輦。差官遠送。
那後邊君臣民人等。俱各叩謝不盡。及至前途。又見衆僧
叩送。盡俱不忍相別。行者見送者不肯回去。無已。捻訣往
巽地上。吹口仙氣。一陣㾓風。把送的人。都迷了眼目。方纔

得脱身而去，這正是

沐淨恩波歸了性　出離金海悟眞空

畢竟不知前路如何且聽下回分解

總批

向説天下兎兒俱雌，只有月宮玉兎爲雄，故兎向月宮一拜，便能受孕生育。今亦變公主，拋繡毬招駙馬，想是南風大作耳。○今竟以玉兎爲弄童之名，甚雅緻，書罷一笑。

第九十六回

寇員外喜待高僧　唐長老不貪富貴

色色原無色、空空亦非空、靜喧語默本來同、夢裏何勞說夢、有用用中無用、無功功裏施功、還如果熟自然紅、莫問如何修種、

話表唐僧師衆、使法力阻住那布金寺僧、僧見黑風過處不見他師徒、以爲活佛臨凡、磕頭而回、不題他師徒西行、正是春盡夏初時節、

清和天氣爽、池沼芰荷生、梅逐雨餘熟、麥隨風裏成、草香花落處、鶯老柳枝輕、江燕攜雛習、山雞哺子鳴、斗南

當日永。萬物顯光明。

說不盡那朝飧暮宿。轉澗尋波。在那平安路上。行徑半月。前邊又見一城垣相近。三藏問道。徒弟。此又是甚麼去處。行者道。不知不知。八戒笑道。這路是你行過的。怎說不知。却是又有些兒蹊蹺。故意推不認得。捉弄我們哩。行者道。這獃子。全不察理。這路雖是走過幾遍。那時只在九霄空裏駕雲而來。駕雲而去。何曾落在此地。事不關心。查他做甚。此所以不知。却有甚蹊蹺。又是捉弄也。說話間。不覺已至面前。三藏下馬。過吊橋。徑入門裏。長街上。只見廊下坐着兩箇老兒叙話。三藏叫徒弟。你們在那街心裏站住。低

着頭不要放恣等我去那廊下問箇地方行者等果依言
立住長老近前合掌叫聲老施主貧僧問訊了那二老正
在那里閒講閑論説甚麼興衰得失誰聖誰賢當時的英
雄事業而今安在誠可謂大嘆息忽聽得道聲問訊隨答
禮道長老有何話説三藏道貧僧乃遠方來拜佛祖的適
到寶方不知是甚地名那里有向善的人家化齋一頓老
者道我敝處是銅臺府府後有一縣叫做地靈縣長老若
要吃齋不須募化過此牌坊南北街坐西向東者有一箇
虎坐門樓乃是寇員外家他門前有箇萬僧不阻之牌似
你這遠方僧儘着受用去去去莫打斷我們的話頭三藏

謝了、轉身對行者道、此處乃銅臺府地靈縣、那二老道過此牌坊南北街向東虎坐門樓有箇寇員外家、他門前有箇萬僧不阻之牌、教我到他家去吃齋哩、沙僧道、西方乃佛家之地、真箇有齋僧的、此間既是府縣、不必照驗關文我們化些齋吃了、就好走路、長老與三人緩步到長街、又惹得那市口裏人、都驚驚恐恐、猜猜疑疑的、圍繞爭看他每相貌、長老分付閉口、只教莫放肆莫放肆、三人果低着頭、不敢仰視、轉過拐角、果見一條南北大街、正行時、見一箇虎坐門樓、門裏邊影壁上、掛着一面大牌、書着萬僧不阻四字、三藏道、西方佛地、賢者愚者、俱無詐僞、那二老說時、我猶不信、至此果如其言、八戒村野、就要進去、行者道、獃子且住、待有人出來問及何如、方好進去、沙僧道、太哥說得有理、恐一時不分內外、惹施主煩惱、在門口歇下馬匹行李、須臾間有箇蒼頭出來、提著一把秤、一隻籃兒、猛然看見、慌的丟了、倒跑進去、報道主公、外面有四箇異樣僧家來也、那員外拄著拐、正在天井中閑走、口裏不住的念佛、一聞報到、就丟了拐、出來迎接、見他四衆、也不怕醜惡、只叫請進、請進、三藏謙謙遜遜、一同都入、轉過一條巷子、員外引路、至一座房裏、說道、此上手房宇、乃管待老爺佛堂經堂齋堂、下手的是我弟子老小居住、三藏稱讚、不

巳隨取袈裟穿了拜佛舉步登堂觀看但見那
香雲靉靉燭焰光輝滿堂中錦簇花攢四下里金鋪綵
絢朱紅架高掛紫金鐘綵漆鱉對設花腔皷幾對旛綉
成八寶千尊佛盡戧黃金古銅爐古銅瓶雕漆卓雕漆
盒古銅爐内常常不斷沉檀古銅瓶中每有蓮花現彩
雕漆卓上五雲鮮雕漆盒中香瓣積玻璃盞淨水澄清
瑠璃燈香油明亮一聲金磬响韻虛徐真箇是紅塵不
到賽珍樓家奉佛堂欺上刹
長老凈了手拈了香叩頭拜畢却轉回與員外行禮員外
攙住請到經堂中相見又見那

方臺竪櫃玉匣金函方臺竪櫃堆積著無數經文玉匣金函收貯着許多簡札彩漆卓上有紙墨筆硯都是些精精製製的文房椒粉屏前有書畫琴棋盡是些妙妙玄玄的真趣放一尸輕玉浮金之仙磬掛一柄披風披月之龍鬚清氣令人神氣爽齋心自覺道心閑

長老到此正欲行禮那員外又攙住道請寬佛衣三藏脫了袈裟纔與長老見了又請行者三人見了又叫把馬喂了行李安在廊下方問起居三藏道貧僧是東土大唐欽差詣寶方謁靈山見佛祖求真經者聞知尊府敬僧故此拜見求一齋就行員外面生喜色笑吟吟的道弟子賤名

寇洪，字大寬，虛度六十四歲，自四十歲上，許齋萬僧，纔做圓滿，今已齋了二十四年，有一簿齋僧的帳目，連日無事，把齋過的僧名，算一算，已齋過九千九百九十六衆，止少四衆，不得圓滿，今日可可的，天降老師四位，圓滿萬僧之數，請留尊諱，好歹寬住月餘，待做了圓滿，弟子著轎馬送老師上山，此此問到靈山，只有八百里路，苦不遠也，三藏聞言，十分懽喜，都就權且應承，不題，他那幾箇大小家僮，往宅裏搬柴打水，取米麵素菜，整治齋供，忽驚動媽媽，媽媽問道，是那里來的僧，這等上緊，僮僕道，才有四位高僧，參參問他起居，他說是東土大唐皇帝差來的，往靈山拜佛爺爺到我們這里不知有多少路程爹爹說是天降的分付我們快整齋供養他也那老嫗聽說也喜叫了環取衣服來我穿我也去看看僮僕道奶奶只一位看得那三位看不得形容醜得很哩老嫗道汝等不知但形容醜陋古怪清奇必是天人下界快先去報你爹爹知道那僮僕跑至經堂對員外道奶奶來了要拜見東土老爺哩三藏聽見即起身下座說不了老嫗已至堂前舉目見唐僧相貌軒昂丰姿英偉轉面見行者三人模樣非凡雖知他是天人下降却也有幾分悚懼朝上就拜三藏急急還禮道有勞菩薩錯敬老嫗問員外說道四位師父怎不並坐八戒

掬著嘴道、我三箇是徒弟、噫、他這一聲、就如深山虎嘯、那
媽媽一發害怕、正說處、又見一箇家僮來報道、兩箇叔叔
也來了、三藏急轉身看時、原來是兩箇少年秀才、那秀才
走上經堂、對長老倒身下拜、慌得三藏急便還禮、員外上
前扯住道、這是我兩箇小兒、喚名寇梁寇棟、在書房裏讀
（秀才是有孔夫子又說恁）
書方回、未吃午飯、知老師下降、故來拜也、三藏喜道、賢哉
（麼東西）
賢哉、正是欲高門弟須為善、要好兒孫在讀書、二秀才啟
上父親道、這老爺是那里來的、員外笑道、來路遠哩、南贍
部洲東土大唐皇帝、欽差到靈山拜佛祖爺爺取經的、秀
才道、我看事林廣記上、蓋天下只有四大部洲、我每這里、

叫做西牛賀洲還有箇東勝神洲想南贍部洲至此不知
走了多少年代三藏笑道貧僧在路耽閣了日子多行的
日子少常遭毒魔狠怪萬苦千辛甚虧我三箇徒弟保護
共計一十四遍寒暑方得至寶方秀才聞言稱獎不盡道
真是神僧真是神僧說未畢又有箇小的來請道齋筵已
擺請老爺進齋員外著媽媽與兒子轉宅他卻陪四衆進
齋堂吃齋那里鋪設的齊整但見

金漆桌案黑漆交椅前面是五色高果俱巧匠新粧成
的時樣第二行五盤小菜第三行五碟水果第四行五
大盤閒食般般甜美件件馨香素湯米飯蒸捲饅頭辣

辣爨爨熱騰騰，盡皆可口，真足充腸。七八箇僮僕往來奔奏，四五箇庖丁不住手。你看那上湯的上湯，添飯的添飯，一往一來，真如流星赶月。這猪八戒一口一碗，就是風捲殘雲。師徒們儘受用了一頓。長老起身對員外謝了齋，就欲走路。那員外攔住道：老師放心住幾日兒。常言道：起頭容易結稍難。只等我做過了圓滿，方敢送程。三藏見他心誠意懇，沒奈何住了。早經過五七遍朝夕，那員外纔請了本處應佛僧二十四員，辦做圓滿道場。衆僧們寫作有三四日，選定良辰，開啟佛事。他那里與大唐的世情一般，却到也大揚旛鋪設金容、齊秉燭燒香供養、擂鼓敲鐘、吹笙捻管、雲鑼兒橫笛音清、也都是尺工字樣、打一回、吹一盪、朗言齊語、開經藏、先安土地、次請神將、發了文書、拜了佛像、談一部孔雀經、句句消災障、點一架藥師燈、熘熘輝光亮、拜水懺、解寃愆、諷華嚴、除誹謗、三乘妙法甚精勤、一二沙門皆一樣。

如此做了三晝夜、道場已畢、唐僧想着雷音、一心要去、又相辭謝員外道老師辭別甚急、想是連日佛事冗忙、多致簡慢、有見恠之意、三藏道深擾尊府、不知何以爲報、怎敢言恠、但只當時聖君送我出廊、問幾時可回、我就悮荅三年可回不期在路耽閣今已十四年矣取經未知有無及回又得十二三年豈不違背聖旨罪何可當望老員外讓貧僧前去待取得經回再造府久住些時有何不可八戒忍不住高叫道師父忒也不從人願不近人情老員外大家巨富許下這等齋僧之愿今已圓滿又况留得至誠須住年把也不妨事只管要去怎的放下這等現成好齋不吃却往人家化募前頭有你甚老爺老娘家哩長老喝的喝了一聲道你這夯貨只知好吃更不管回向之因正是那槽裏吃食圈裏擦癢的畜生汝等既要貪此嗔痴明日等我自家去罷行者見師父變了臉即揪住八戒著頭打

一頓拳、罵道獃子、不知好歹、惹得師父連我們都怪了、沙僧笑道、打得好、打得好、只這等不說話、還惹人嫌、且又插嘴、那獃子氣呼呼的立在傍邊、再不敢言、員外見他師徒們生惱、只得滿面陪笑道老師莫焦燥、今日且少寬容、待明日我辦些旗鼓、請幾箇隣里親戚、送你們起程、正講處那老嫗又出來道、老師父既蒙到舍、不必苦辭、今到幾日了、三藏道已半月矣、老嫗道、這半月算我員外的功德、老身也有些針線錢兒也願齋老師父半月、說不了、寇棟兄（可見和尚）弟又出來道四位老爺、家父齋僧二十餘年、更不曾遇著（好人少）好人、今幸圓滿、四位下降、誠然是蓬屋生輝、學生年幼、不知因果常聞得有云、公修公得、婆修婆得、不修不得、我家父家母各欲獻芹者、正是各求得些因果、何必苦辭、就是愚兄弟也省得有些束修錢兒、也只望供養老爺半月、方才送行、三藏道、令堂老菩薩盛情已不敢領、怎麼又承賢昆玉厚愛、決不敢領、今朝定要起身、萬勿見罪、不然久違欽限、罪不容誅矣、那老嫗與二子見他執一不住、便生起惱來道、好意留他、他這等固執要去、要去便就去了罷、只管嘮叨甚麼、母子遂抽身進去、八戒忍不住口、又對唐僧道、師父不要拿過了班兒、常言道、留得在落得怪、我們且住一箇月兒、了了他母子的愿心也罷了、只管忙怎的、唐僧又咄了一聲唱道那獃子就自家把嘴打了兩下道嗐嗐說道莫多話又做聲了行者與沙僧款款的笑在一邊唐僧又惟行者道你笑甚麽即捻訣要念緊箍兒慌得箇行者跪下道師父我不曾笑我不曾笑千萬莫念莫念員外又見他師徒們漸生煩惱再也不敢苦留只叫老師不必炒鬧准于明早送行遂此出了經堂分付書辦寫了百十箇簡帖兒邀請鄰里親戚明早奉送唐朝老師西行一壁廂又叫庖人安排餞行的筵宴一壁廂又叫管辦的做二十對彩旗覓一班吹皷手樂人南來寺裏請一班和尚東岳觀裏請一班道士限明日巳時各項俱要整齊

衆執事的俱領命去訖不多時天又晚了吃了晚齋各歸寢處但見那

幾點歸鴉過別村樓頭鐘鼓遠相聞六街三市人烟靜萬戶千門燈火昏月皎風清花弄影銀河慘淡映星辰子規啼處更深矣天籟無聲大地鈞

當時三四更天氣命管事的家僮盡皆早起買辦各項物件你看那辦筵席的廚上慌忙置彩旗的堂前炒鬧請僧道的兩脚奔波叫鼓樂的一聲急蹤送簡帖的東走西跑備轎馬的上呼下應這半夜直嚷至天明將巳時前後各項俱完也只是有錢不過卻表唐僧師徒們早起又有那

一班人供奉。長老分付收拾行李。扣備馬匹。鈥子聽說要走。又努嘴胖脣。唧唧噥噥。只得將衣鉢收拾。找啟高肩挑子。沙僧刷鞄馬匹。套了鞍轡。伺候行者。將九環杖遞在師父手裏。他將通關文牒的引袋兒。掛在胸前。只是一齊要走。員外又都請至後面大廠廳內。那裏面又鋪設了筵宴比齋堂相待更是不同。但見那

簾幕高掛。屏圍四繞。正中間。掛一幅壽山福海之圖。兩壁廂列四軸春夏秋冬之景。龍文鼎內香飄。鵲尾爐中瑞氣生。看盤簇彩寶粧花色色鮮明。排卓推金獅仙糖齊齊擺列。堦前歌舞按宮商。堂上果餚鋪錦綉。素湯

素飯甚清奇。香酒香茶多美艷。雖然是百姓之家。却不亞王侯之宅。只聽得一片歡聲。真箇也驚天動地。

長老正與員外作禮。只見家僮來報客俱到了。却是那請來的左隣右舍。妻弟姨兄姐夫妹丈。又有那些同道的齋公。念佛的善友。一齊都向長老禮拜。拜畢各各叙坐。只見堂下面鼓瑟吹笙。堂上邊絃歌酒讌。這一席盛宴。八戒留心對沙僧道。兄弟放懷放量吃些兒。離了寇家。再没這好豐盛的東西了。沙僧笑道。二哥說那里話。常言道。珍羞百味。一飽便休。只有私房路。那有私房肚。八戒道。你也忒不濟。不濟。我這一頓儘飽吃了。就是三日急忙也不餓。行者聽見道歎子莫脹破了肚子如今要走路哩說不了日將中矣長老在上舉筯念謁齋經八戒慌了拿過湯飯來一口一碗又丟勾了五六碗把那饅頭䭔兒餅子燒果沒好沒歹的滿滿籠了二袖才跟師父起身長老謝了員外又謝了衆人一同出門你看那門外擺着彩旗寶蓋鼓手樂人又見那兩班僧道方來員外笑道列位來遲老師去急即時就行俟回來謝罷衆等讓叙道路擡轎的擡轎騎馬的騎馬步行的步行都讓長老四衆前行只聞得鼓樂諠天旗旛蔽日人烟湊集車馬駢塡都來看寇員外迎送唐僧這一塲富貴真賽過珠圍翠繞誠不亞錦繡藏春那一

班僧打一套佛曲。那一班道吹一道玄音。俱送出府城門外。行至十里長亭。又設有簞食壺漿。擎盃把盞相飲而別那員外欲不忍捨。噙着淚道。老師取經回來。是必到舍再住幾日。以了了寇洪之心。三藏感之不盡。謝之無已。道我若到靈山得見佛祖。首表員外之大德。回時定踵門叩謝叩謝。說說話兒。不覺的又有二三里路。長老懇切拜辭。那員外又放聲大哭而轉。那正是

有願齋僧歸妙覺　無緣得見佛如來

且不說寇員外。送至十里長亭。同衆回家。却說他師徒四衆行有四五十里之地。天色將晚。長老道。天晚了。何方借

宿。八戒挑著担，努著嘴道，放了現成茶飯不吃，清涼瓦屋不住，却要走甚麼路，想搶喪踵鬼的，如今天晚，倘下起雨來，却如之何。三藏罵道，潑孽畜，又來報怨了，常言道，長安雖好，不是久戀之家。（著眼）待我們有緣拜了佛祖，取得真經，那時回轉大唐，奏過主公，將那御廚裏飯，憑你吃上幾年，脹死你這孽畜，教你做箇飽鬼。那獃子嚇嚇的暗笑，不敢復言。行者舉目遥觀，只見大路傍有幾間房宇，急請師父道，那里安歇，那里安歇。長老至前，見是一座倒塌的牌坊，坊上有一舊扁，扁上有落顏色積塵的四箇大字，乃華光行院。長老下了馬道，華光菩薩是火焰五光佛的徒弟，因剿除毒火鬼王。降了職化做五顯靈官。此間必有廟祝。遂一齊進去。但見廊房俱倒。墻壁皆傾。更不見人之踪跡。只是襍草叢萁。欲抽身而出。不期天上黑雲蓋頂。大雨淋漓。沒奈何却在那破房之下。揀遮得風雨處。將身躲避。寂寂寂寂。不敢高聲。恐有妖邪之覺。坐的坐。站的站。苦捱了一夜未睡。嘆真箇是

泰極還生否　樂處又逢悲。

畢竟不知天曉向前去還是如何。且聽下回分解。

總批

或問今人修西方。只為身在東土耳。那寇員外。已在

西方矣緣何又修曰東人要修西方西人要修東土
總只是在境厭境去境羡境如今在家人偶到僧房
道舍便生羡慕殊不知僧道肚裏又羡慕在家人也
倘令之易地亦必相羡相厭亦復如是也

第九十七回

金酬外護遭魔毒　聖顯幽魂救本原

且不言唐僧等在華光破屋中苦奈夜雨存身却說銅臺府地靈縣城內有夥兇徒因宿娼飲酒賭博花費了家私無計過活遂夥了十數人做賊算道本城那家是第一個財主那家是第二箇財主去打劫些金銀用度內有一人道也不用緝訪也不須算計只有（這轉湊也妙）今日送那唐朝和尚的寇員外家十分富厚我們乘此夜雨街上人也不防備火甲等也不巡邏就此下手劫他些貲本我們再去嫖賭兒耍子豈不美哉眾賊懽喜齊了心都帶了短刀蒺藜拐子

悶棍，麻繩，火把，冒雨前來，打開寇家大門，吶喊殺入，慌得他家裏若大若小，是男是女，俱躲個乾淨，媽媽兒躲在床底，老頭兒閃在門後，寇梁，寇棟，與着親的幾箇兒女，都戰戰兢兢的四散逃走顧命，那夥賊拿着刀，點着火，將他家箱籠打開，把些金銀寶貝，首飾衣裳器皿家火，盡情搜劫，那員外割捨不得，掙了命，走出門來，對衆強人哀告道，列位大王，勾你用的便罷，還留幾件衣物與我老漢送終，那衆強人那容分說，趕上前，把寇員外撩陰一脚，踢翻在地，（齋僧之報）可憐三魂渺渺歸陰府，七魄悠悠別世人，衆賊得了手，走出寇家，順城脚做了軟梯，漫城牆一一繫出，冒着雨連夜

奔西而去。那寇家僮僕見賊退了，方才出頭，及看時老員
外已死在地下，放聲哭道：天呀，主人公已打死了。衆皆伏
屍而哭，悲悲啼啼。將四更時，那媽媽想恨唐僧等不受他
的齋供，因爲花撲撲的送他，惹出這場災禍，便生妒害之
心，欲陷他四衆。扶着寇梁道：兒啊，不須哭了。你老子今日
也齋僧，明日也齋僧，豈知今日做圓滿，齋着那一夥送命
老媽作此
的僧也。他兄弟道：母親怎麽是送命僧？媽媽道：賊勢兇勇
誰謂不像吃齋的又曰極像吃齋的
殺進房來，我就躲在床下，戰兢兢的留心向燈火處着得
明白。你說是誰？點火的是唐僧，持刀的是猪八戒，搬金銀
的是沙和尚，打死你父親是孫行者。二子聽言，認了真實

道母親既然看得明白必定是了他四人在我家住了半月將我家門戶墻垣窓櫺巷道俱看熟了財動人心所以乘此夜雨復到我家既劫去財物又害了父親此情何毒待天明到府裏遞失狀坐名告他寇棟道失狀如何寫寇梁道就依母親之言寫道

唐僧點着火八戒叫殺人沙和尚劫出金銀去孫行者打死我父親

一家子炒炒鬧鬧不覺天曉一壁廂傳請親人買辦棺木一壁廂寇梁兄弟赴府投詞原來這銅臺府刺史正堂大人

平生正直素性賢良少年向雪案攻書早歲在金鑾對策常懷忠義之心每切仁慈之念名揚青史播千年龔黃再見聲振黃堂傳萬古卓魯重生

當時坐了堂發放了一應事務即令擡出放告牌這寇兄弟抱牌而入跪倒高呼道爺爺小的每是告強盜得財殺傷人命重情事刺史接上狀去看了這般這的如此如彼即問道昨日有人傳說你家齋僧圓滿齋得四衆高僧乃東土唐朝的羅漢花撲撲的滿街鼓樂送行怎麼却有這般事情寇梁等磕頭道爺爺小的父親寇洪齋僧二十四年因這四僧遠來恰足萬僧之數因此做了圓滿留他住

了半月。他就將路道門窗都看熟了。當日送出當晚復回。乘黑夜風雨遂明火執杖殺進房來劫去金銀財寶衣服首飾。又將父打死在地。望爺爺與小民做主刺史聞言。即點起馬步快手并民壯人役共有百五十人各執鋒利器械出西門一直來趕唐僧四衆。却說他師徒們在那華光竹院破屋下。挨至天曉方才出門上路奔西。可可的那些强盜當夜打劫了寇家。繫出城外也。向西方大路上行經天曉。走過華光院西去有二十里遠近藏于山四中。分撥金銀等物。分還未了。忽見唐僧四衆順路而來。衆賊心猶不歇指定唐僧道那不是昨日送行的和尚來了。衆賊笑

道來得好來得好我們也是幹這般沒天理的買賣這些
和尚緣路來又在寇家許久不知身邊有多少東西我們
索性去截住他奪了盤纏搶了白馬湊分却不是遂心滿
意之事衆賊遂持兵器吶一聲喊跑上大路一字兒擺開
叫道和尚不要走快留下買路錢饒你性命呀迸半個不
字一刀一個決不留存唬得唐僧在馬上亂戰沙僧與八
戒心慌對行者道怎的了怎的了苦奈半夜雨天又早遇
強徒斷路誠所謂禍不單行也行者笑道師父莫怕兄弟
勿憂等老孫去問他一問好大聖束一束虎皮裙抖一抖
錦布直裰走近前叉手當胸道列位是做甚麼的賊徒喝

道這廝不知死活敢來問我你額顱下沒眼不認得我是
大王爺爺快將買路錢來放你過去行者聞言滿面陪笑
道你原來是剪徑的强盜賊徒發狠吽殺了行者假假的
驚恐道大王大王我是鄉村中的和尚不會說話冲撞莫
怪莫怪若要買路錢不要問那三箇只消問我我是箇管
帳的凡有經錢襯錢那里化緣的布施的都在包袱中盡
是我管出入那箇騎馬的雖是我師父他却只會念經不
管閑事財色俱忘一毫沒有那箇黑臉的是我半路上收
的箇後生只會養馬那箇長嘴的是我顧的長工只會挑
担你把三箇放過去我將盤纏衣鉢盡情送你衆賊聽說

這個和尚倒是個老實頭兒，既如此，饒了你命，教那三個丟下行李，放他過去。行者回頭使個眼色，沙僧就丟了行李担子，與師父牽着馬，同八戒往西徑走，行者低頭打開包袱，就地撾把塵土，往上一灑，念個呪語，乃是個定身之法，喝一聲住，那夥賊共有三十來名，一個個咬着牙，睜着眼，撒着手，直直的站定，莫能言語，不得動身。行者跳出路口，叫道師父回來，回來。八戒慌了道，不好不好，師兄供出我們來了，他身上又無錢財，包裹又無金銀，必定是叫師父要馬哩，叫我們是剝衣服了。沙僧笑道，二哥莫亂說，大哥是個了得的，向者那般毒魔狠怪，也能收服，怕這幾個毛賊。他那里招呼。必有話說。快回去看看。長老聽言。忻然轉馬。回至邊前。叫道悟空有甚事叫回來也。行者道你們看這些賊是怎的說。八戒近前。推着他叫道強盜你怎的不動彈了。那賊渾然無知。不言不語。八戒道好的痴瘂了。行者笑道是老孫使箇定身法。定住也。八戒道既定了身。未曾定口。怎麼連聲也不做。行者道師父請下馬坐着常言道。只有錯拿沒有錯放。兄弟你們把賊都扳翻倒綑了。教他供一箇供狀看他是箇雛兒強盜。把勢強盜。沙僧道沒繩索哩。行者即拔下些毫毛。吹口仙氣。變作三十條繩索。一齊下手。把賊扳翻。都四馬攢蹄綑住。却又念念解呪那夥賊漸漸甦醒，行者請唐僧坐在上首，他三人各執兵器，喝道，毛賊，你們一起有多少人，做了幾年買賣，打劫了有多少東西，可曾殺傷人口，還是初犯，卻是二犯，三犯，衆賊開口道，爺爺饒命，行者道，莫吆喚，從實供來，衆賊道，老爺，我們不是久慣做賊的，都是好人家子弟，只因不才，吃酒賭錢，宿娼頑耍，將父祖家業，盡花費了，一向無幹，又無錢用，訪知銅臺府城中，寇員外家，貲財豪富，昨月合夥，當晚乘夜雨昏黑，就去打劫，劫的有些金銀服飾，在這路北下山凹裏，正自分贓，忽見老爺們來，內中有認得是寇員外送行的，必定身邊有物，又見行李沉重，白馬快走，人心不足故又來邀截豈知老爺有大神通法力將我們綑住萬望老爺慈悲收去那劫的財物饒了我的性命也三藏聽說是寇家劫的財物猛然吃了一驚慌忙站起道悟空寇老員外十分好善如何招此災厄行者笑道只爲送我們起身那等彩帳花幢盛張鼓樂驚動了人眼目所以這夥光棍就去下手他家今又幸遇着我們奪下他這許多金帛服飾三藏道我們擾他半月感激厚恩無以爲報不如將此財物護送他家却不是一件好事行者依言即與八戒沙僧去山凹裏取將那些贓物收拾了馱在馬上又叫八戒挑了一担金銀沙僧挑着自己行李行者欲將這

夥强盜，一個盡情打死，又恐唐僧怪他傷人性命，只得將身一抖，收上毫毛。那夥賊鬆了手脚，爬起來，一個個落草逃生而去。這唐僧轉步回身，將財物送還員外，這一去却似飛蛾投火，反受其殃。有詩爲證：

恩將恩報人間少，反把恩慈變作仇。（小人之言）下水救人終有失，三思行事却無憂。

三藏師徒們，將着金銀服飾，拿轉正行處，忽見那鎗刀簇簇而來。三藏大驚道：「徒弟，你看那兵器簇擁相臨，是甚好歹？」八戒道：「禍來了！禍來了！這是那放去的强盜，他取了兵器，又夥了些人，轉過路來，與我們鬬殺也。」沙僧道：「二哥，那來的不是賊勢大哥你仔細觀之行者悄悄的向沙僧道師父的災星又到了此必是捕賊的官兵言未了衆兵一擁近前撒開圈子陣把他師徒圍住叫道好和尚打劫了人家東西還在這里擺擺哩一齊下手先把唐僧抓下馬來用繩綑了又把行者三人也都綑起穿上杠子兩個擡一個赶着馬奪了擔徑轉府城只見那

唐三藏戰兢兢滴淚難言豬八戒絮叨叨心中報怨沙和尚囊突突意下躊躇孫行者笑嘻嘻要施手段

衆官兵簇擁扛擡須臾間拿到城裡徑自解上黄堂報道老爺民快人等捕獲強盜來了那刺史端坐堂上賞勞了

民快檢看了賊贓當叫寇家領去却將三藏等提近廳前問道你這起和尚口稱是東土遠來向西天拜佛却原來是些〻說法躧看門路打家劫舍之賊三藏道大人容告貧僧實不是賊決不敢假隨身見有通關文牒可照只因寇員外家齋我等半月情意深重我等路遇強盜奪轉打劫寇家的財物因送還寇家報恩不期民快人等捉獲以為是賊實不是賊望大人詳察刺史道你這厮見官兵捕獲却巧言報恩既是路遇強盜何不連他捉來報官報恩如如只是你四衆你看事主遞着失狀坐名告你你還敢展掙三藏聞言一似大海烹舟魂飛魄散叫悟空你何不二

來折辯行者道有贓是實折辯何為刺史道正是阿贓証見存還敢抵賴叫手下將腦箍來把這禿賊的光頭箍他一箍然後再打行者慌了心中暗想道雖是我師父該有此難却不可教他十分受苦他見那皁隸們收拾索子結腦箍即便開口道大人且莫箍那個和尚昨夜打劫寇家點燈的也是我持刀的也是我劫財的也是我殺人的也是我我是個賊頭要打只打我與他們無干但只不放我便是刺史聞言就教先箍起這個來皁隸們齊來上手把行者套上腦箍收緊了一勒扢扑的把索子斷了又結又箍又扢扑的斷了一連箍了三四次他的頭皮皺也不曾

錢一些兒却又換索子再結時只聽得有人來報道老爺都下陳少保爺爺到了請老爺出廓迎接那刺史郎命刑房吏把賊收監好生看覷待我接過上司再行拷問刑房吏遂將唐僧四衆推進監門八戒沙僧將自己行李擔進隨身三藏道徒弟這是怎麼起的行者笑道師父進去進去這裏邊沒狗倒好耍子可憐把四衆捉將進去一個個都推入轄牀扣拽了滾肚敵腦攀胸禁子們又來亂打三藏苦痛難禁只叫悟空怎的好怎的好行者道他打是要錢哩常言道好處安身苦處用錢如今與他些錢便罷了三藏道我的錢自何來行者道若沒錢衣服也是把那袈

裟與了他罷、三藏聽說就如刀刺其心。一時間見他打不過、又要得緊、無奈只得開言道、悟空隨你罷、行者便叫列位長官、不必打了、我們担進來的那兩個包袱中有一件錦襴袈裟、價值千金、你們解開拿了去罷、衆禁子聽言、一齊動手。把兩個包袱解看、雖有幾件布衣、有個引袋、俱不值錢、只見幾層油紙包裹着一物、霞光焰焰、知是好物、抖開看時、只見

　巧妙明珠綴、稀奇佛寶攢、盤龍鋪繡結、飛鳳錦沿邊

衆皆爭看、又驚動本司獄官走來、喝道、你們在此嚷甚的、禁子們跪道、老爹纔方提控送下四個和尚。乃是大夥強盜

盜、他見我們打了他幾下、把這兩件包袱與我、我們打開看時、見有此物、無可處置、若眾人分之、其實可惜、若獨歸一人、眾人無利、幸老爹來、憑老爹做個劈着、獄官見了、乃是一件袈裟、又將別項衣服、并引袋兒、通撿看了、又打開袋內關文一看、現有各國的寶印花押、道、早是我來看呀、不然、你們都撞出事來了、這和尚不是強盜、切莫動他衣服、待明日大爺再審、方知端的、眾禁子聽言、將包袱還與他、照舊包裹交與獄官收訖、漸漸天晚、聽得樓頭起鼓、火甲巡更、捱至四更三點、行者見他們都不呻吟、盡皆睡着、他暗想道、師父該有這一夜牢獄之災、老孫不開口折辯不使法力着盖爲此耳如今四更將近災將滿矣我須去打點打點天明好出牢門你看他弄本事將身小一小脫出轄床搖身一變變做箇猛虫兒從房簷瓦縫裏飛出見那星光月皎正是清和夜靜之天他認了方向徑飛向寇家門首只見那街西下一家見燈火明亮又飛近他門口看時原來是箇做荳腐的見一箇老頭兒燒火媽媽

（画西遊妙処尋在冷処着精神如此等処）

見擠漿那老兒忽的叫聲媽媽寇大官且是有子有財只

（妙不可言）

是沒壽我和他小時同學讀書我還大他五歲他老子叫做寇銘當時也不上千畝田地放些租帳也討不起他到二十歲時那銘老兒死了他掌着家當其實也是他一步

好運娶的妻是那張旺之女小名叫做穿針兒却倒旺夫自進他門種田有收放帳有起買着的有利做着的撰錢被他如今掙了有十萬家私他到四十歲上就回心向善齋了萬僧不期昨夜被强盜踢死可憐今年才六十四歲正好享用何期這等向善不得好報乃死于非命可嘆可嘆行者一一聽之去早五更初時他就飛入寇家只見那堂屋裏已停着棺材材頭邊點着燈擺列着香燭花果媽媽在傍啼哭又見他兩箇兒子也來拜哭兩箇媳婦拿兩碗飯兒貢獻行者就釘在他材頭上咳嗽了一聲諕得那兩箇媳婦査手舞脚的往外跑寇梁兄弟伏在地下不敢

動只叫爹爹噗噗噗那媽媽子胆大，把材頭撲了一把道
老員外你活了行者學着那員外的聲音道我不曾活兩
個兒子一發慌了不住的叩頭垂淚只叫爹爹噗噗噗媽
媽子硬着胆又問道員外你不曾活如何說話行者道我
是閻王差鬼使押將來家與你們講話的說道那張氏穿
針兒枉口誑舌陷害無辜那媽媽子聽見叫他小名慌得
跪倒磕頭道好老兒阿這等大年紀還叫我的小名兒我
那些枉口誑舌害甚麼無辜行者喝道有個甚麼
唐僧點着火八戒叫殺人沙僧劫出金銀去行者打死
你父親

只因你誑言把那好人受難那唐朝四位老師路遇強徒奪將財物送來謝我是何等好意你那假捻失狀着兒子們首官官府又未細審如何又把他們監禁那獄神土地城隍俱慌了坐立不寧報與閻王閻王轉差鬼使押解我來家教你們起早解放他去不然教我在家攪鬧一月將合家老幼并雞犬之類一箇也不留住寇梁兄弟又磕頭哀告道爹爹請回切莫傷殘老幼待天明就去本府投遞解狀願認招回只求存殁均安也行者聽了即叫燒紙我去呀他一家兒都來燒紙行者一翅飛起徑又飛至刺史住宅裏面低頭觀看那房内裏已有燈光見刺史已起來

了他就飛進中堂看時只見中間後壁掛着一軸畫兒是
一箇官兒騎着一匹點子馬有幾箇從人打着一把青傘
搴着一張校床、更不識是甚麽故事、行者就丁在中間忽
然那刺史自房裏出來灣着腰梳洗行者猛的里咳嗽一
聲、把刺史諕得慌慌張張走入房內梳洗畢穿了大衣即
出來對着畫兒焚香禱告道伯考姜公乾一神位孝姪姜
坤三蒙祖上德廕忝中甲科今叨受銅臺府刺史旦夕侍
奉香火不絕、爲何今日發聲、切勿爲邪爲祟恐諕家衆、行
者暗笑道此是他大爺的神子却就掉着經兒叫道坤三
妙乜猴
賢姪你做官雖承祖廕一向清廉怎的昨日無知把兩箇

聖僧當賊不審來首因于禁內那獄神土地城隍不安報
與閻君閻君差鬼使押我來對你說教你推情察理快快
解放他不然就教你去陰司折証也刺史聽說心中悚懼
道大爺請回小姪升堂當就解放行者道既如此燒紙來
我去見閻君回話刺史復添香燒紙拜謝行者又飛出來
看時東方早已發白及飛到地靈縣又見那合縣官却都
在堂上他忽道這虫兒說話彼人看見露出馬腳來不好
他就半空中改了箇大法身從空裏伸下一隻腳來把箇
縣堂躧滿口中叫道衆官聽着我乃玉帝差來的浪蕩遊
神說你這府監裏屈打了取經的佛子驚動三界諸神不

安，教我傳說，趁早放他，若有差池，教我再來，一脚先踢死合府縣官，後踹死四境居民，把城池都踏爲灰燼，槩縣官吏人等，慌得一齊跪倒，磕頭禮拜道，上聖請回，我們如今進府稟上府尊，即教放出，千萬莫動脚，驚唬死下官，行者才收了法身，仍變做箇猛虫兒，從監房瓦縫裏飛入，依舊鑽在轄床中間睡着，却說那刺史升堂，才擡出投文牌去，早有寇梁兄弟抱牌跪門叫喊，刺史着令進來，二人將解狀遞上，刺史見了，發怒道，你昨日遞了失狀，就與你拿了賊來，你又領了賊去，怎麼今日又來遞解狀，二人滴淚道，老爺，昨夜小的父親顯魂道，唐朝聖僧原將賊徒拿住，拿獲財物，放了賊去，好意將財物送還我家報恩，怎麽反將他當賊，拿在獄中受苦。獄中土地城隍不安，報了閻王，閻王押解我來，教你赴府再告，釋放唐僧，庶免災咎，不然老幼皆亡。因此特來遞箇解詞，望老爺方便方便。刺史聽他說了這話，却暗想道，他的父親乃是熟屍新鬼，顯魂報應猶可，我伯父死去五六年了，却怎麽今夜也來顯魂，教我審放，看起來必是冤枉。正忖度間，只見那地靈縣知縣等官急急跑上堂，亂道，老大人不好了，不好了，適才玉帝差浪蕩遊神下界，教你快放獄中好人，昨日拿的那些和尚不是强盜，都是取經的佛子，若少遲延，就要踢殺我等官員還要把城池連百姓俱盡踏為灰燼刺史又大驚失色即叫刑房吏火速寫牌提出當時開了監門提出八戒愁道今日又不知怎的打哩行者笑道管你一下兒也不敢打老孫俱已幹辦停當上堂切不可下跪他還要下來請我們上坐却等我問他要行李要馬匹少了一些兒等我打他你看說不了已至堂口那刺史知縣并廳衙大小官員一見都下來迎接道聖僧昨日來時一則接上司忙迫二則又見了所獲之贓未及細問端的唐僧合掌躬身又將前情細陳了一遍衆官滿口認稱都道錯了錯了莫怪莫怪又問獄中可曾有甚疎失行者近前努目睜看厲聲

高叫道，我的白馬是堂上人得了，行李是獄中人得了。快快還我，今日却該我拷較你們了。誰拿平人做賊，你們該甚箇罪？府縣官見他作惡，無一箇不怕，即便叫收馬的牽馬來，收行李的取行李來，一一交付明白。你看他三人一箇箇逞兇，衆官只以寇家遮飾。三藏勸解了道：徒弟，是也不得明白。我們且到寇家去，一則弔問，二來與他對證，對證看是何人見我做賊。行者道：說得是。等老孫把那死的叫他起來，看是那箇打他。沙僧就在府堂上把唐僧擡上馬，吆吆喝喝，一擁而出。那些府縣多官也一一俱到寇家，諕得那寇梁兄弟在門前不住的磕頭，接進廳，只見他孝

堂之中、一家兒都在孝幔裏啼哭。行者叫道、那打誑語栽
害平人的媽媽子、且莫哭、等老孫叫你老公來、看他說是
那箇打死的、羞他一羞。衆官員只道孫行者說的是笑話。
行者道、列位大人、略陪我師父坐坐、八戒沙僧好生保護、
等我去了就來。好大聖、跳出門、望空就起、只見那
徧地彩霞籠住宅、一天瑞氣護元神。
衆等方才認得是箇騰雲駕霧之仙、起死回生之聖、這里
一一焚香禮拜不題。那大聖一路觔斗雲、直至幽冥地界、
徑撞入森羅殿上、慌得那
十代閻君拱手接、五方鬼判叩頭迎、千株劍樹皆欹側

萬疊刀山盡坦平。枉死城中魍魅化。奈何橋下鬼超生。正是那神光一照如天赦。黑暗陰司處處明。十閻王接下大聖。相見了。問及何來何幹。行者道。銅臺府地靈縣齋僧的寇洪之鬼。是那箇收了。快點查來與我。秦廣王道。寇洪善士。也不曾有鬼使勾他。他自家到此。遇着地藏王的金衣童子。他引見地藏也。行者即別了。徑至翠雲宮。見地藏王菩薩。菩薩與他禮畢。具言前事。菩薩喜道。寇洪陽壽止該卦數。命終不染床席。棄世而去。我因他齋僧是箇善士。收他做箇掌善緣簿子的案長。既大聖來取。我再延他陽壽一紀。教他跟大聖去。金衣童子。遂領出寇洪寇洪見了行者。聲聲叫道老師老師。救我一救。行者道你被强盜踢死。此乃陰司地藏王菩薩之處。我老孫特來取你。到陽世間對明此事。既蒙菩薩放回。又延你陽壽一紀。待十二年之後。你再來也。那員外頂禮不盡。行者謝辭了菩薩。將他吹化爲氣。掉于衣袖之間。同去幽府。復返陽間。封雲頭。到了寇家。即喚八戒揹開材蓋。把他魂靈兒推付本身。須臾間透出氣來。活了。那員外爬出材來。對唐僧四衆磕頭道。師父師父。寇洪死於非命。蒙師父至陰司救活。乃再造之恩。言謝不已。及回頭見各官羅列。即又磕頭道。列位老爹都如何在舍。那刺史道。你兒子始初遞失狀坐名告了聖僧我即差人捕獲不期聖僧路遇殺劫你家之賊奪取財物送還你家是我下人悞捉未得詳審當送監禁今夜被你顯魂我先伯亦來家訴告縣中又蒙浪蕩遊神下界一時就有這許多顯應所以放出聖僧聖僧却又去救活你也那員外跪道老爹其實枉了這四位聖僧那夜有三十多名強盜明火執杖劫去家私是我難捨向賊理說不期被他一腳撩陰踢死與這四位何干叫過妻子來是誰人踢死你等輒敢妄告請老爹定罪當時一家老小只是磕頭刺史寬恩免其罪過寇洪教安排筵宴酬謝府縣厚恩各各來坐回衙至次日再掛齋僧牌又款留

三藏三藏決不肯住却又請親友辦旌幢如前送行而去

咦這正是

地闊能存凶惡事天高不負善心人逍遙隱步如來徑

只到靈山極樂門

畢竟不知見佛如何且聽下回分解

總批

強盜處兩轉可謂絕處逢生且致之死地而生置之亡地而存真文人之雄也其更妙處昔腐老兒夫妻私語咄咄如畫且從此透出張氏穿針兒來行者方可使用神通也世上安得如此文人哉

終

第九十八回

猿熟馬馴方脫殼　功成行滿見真如

話表寇員外既得回生復整理了幢幡鼓樂僧道親友依舊送行不題却說唐僧四衆上了大路果然西方佛地與他處不同見了些琪花瑤草古柏蒼松所過地方家家向善戶戶齋僧每逢山下人修行又見林間客誦經師徒們夜宿曉行又經有六七日忽見一帶高樓幾層傑閣真個是

沖天百尺聳漢凌空低頭觀落日引手摘飛星豁達窗軒吞宇宙嵬峨棟宇接雲屏黃鶴信來秋樹老彩鸞書

到晚風清此乃是靈宮寶闕琳舘珠庭真堂談道宇宙傳經花向春來美松陵雨過青紫芝仙果年年秀丹鳳儀翔萬感靈

三藏舉鞭遥指道悟空好去處耶行者道師父你在那假境界假佛像處倒强要下拜今日到了這真境界真佛像處倒還不下馬是怎的説三藏聞言慌得番身跳下來已到了那樓閣門首只見一個道童斜立在山門之前應聲叫道那來的莫非東土取經人麽長老急整衣擡頭觀看見他

身披錦衣手搖玉麈身披錦衣寶閣瑶池常赴宴手搖

玉塵丹臺紫府每揮塵肘懸仙籙足踏履鞋飄然眞羽
士秀麗實奇哉煉就長生居勝境修成永壽脫塵埃聖
僧不識靈山客雷音金頂大仙來
孫大聖認得他即叫師父此乃是靈山脚下玉眞觀金頂
大仙他來接我們哩三藏方纔醒悟進前施禮大仙笑道
聖僧今年纔到我被觀音菩薩哄了他十年前領佛金旨
向東土尋取經人原說二三年就到我處我年年等候渺
無消息不意今年纔相逢也三藏合掌道有勞大仙盛意
感激感激遂此四衆牽馬挑擔同入觀裡却又與大仙一
一相見即命看茶擺齋又叫小童兒燒香湯與聖僧沐浴

了。好登佛地正是那

功滿行完宜沐浴。煉馴本性合天真。千辛萬苦今方息。九戒三皈始自新。魔盡果然登佛地。災消故得見沙門。洗塵滌垢全無染。反本還原不壞身。

師徒們沐浴了。不覺天色將晚。就於玉真觀安歇。次早唐僧換了衣服。披上錦襴袈裟。戴了毘盧帽。手持錫杖。登堂拜辭大仙。大仙笑道。昨日襤褸。今日鮮明。覩此相。真佛子也。三藏拜別就行。大仙道。且住。等我送你。行者道。不必你送。老孫認得路。大仙道。你認得的是雲路。聖僧還未登雲路。當從本路而行。行者道。這個講得是。老孫雖走了幾遭

只是雲來雲去實不曾踏着此地既有本路還煩你送送
我師父拜佛心重幸勿遲疑那大仙笑吟吟攜着唐僧手
接引旃檀上法門原來這條路不出山門就是觀宇中堂
穿出後門便是大仙指着靈山道聖僧你看那半天中有
祥光五色瑞靄千重的就是靈鷲高峰佛祖之聖境也唐
僧見了就拜行者笑道師父還不到拜處哩常言道望山
走倒馬離此鎮還有許遠如何就拜若拜到頂上得多少
頭磕是大仙道聖僧你與大聖天蓬捲簾四位已到於福
地望見靈山我回去也三藏遂拜辭而去大聖引着唐僧
等徐徐緩步登了靈山不上五六里見了一道活水响滚

着眼

禪玄原是一家

瀑滾浪飛流，約有八九里寬闊，四無人跡。三藏心驚道：悟空，這路來得差了，敢莫大仙錯指了？此水這般寬闊，這般洶湧，又不見舟楫，如何可渡？行者笑道：不差，你看那壁廂不是一座大橋？要從那橋上行過去，方成正果哩。長老等又近前看時，橋邊有一扁，扁上有凌雲渡三字，原來是一根獨木橋。正是

遠看橫空如玉棟，近觀斷水一枯槎。維河架海還容易，獨木單梁人怎蹅？萬丈虹霓平臥影，千尋白練接天涯。十分細滑渾難渡，除是神仙步彩雲。

三藏心驚，膽戰道：悟空，這橋不是人走的，我們別尋路徑

去來行者笑道正是路正是路八戒慌了道這是路那個敢走水面又寬波浪又湧獨獨一根木橋又細又滑怎生動脚行者道你都站下等老孫走個兒你看好大聖拽開步跳上獨木橋搖搖擺擺須臾跑將過去在那邊招呼道過來過來唐僧搖手八戒沙僧咬指道難難難行者又從那邊跑過來拉着八戒道獃子跟我走跟我走那八戒臥倒在地道滑滑滑走不得你饒我罷讓我駕風霧過去行者按住道這是甚麼去處許你駕風霧必須從此橋上走過方可成佛八戒道哥阿佛做不成也罷實是走不得他兩個在那橋邊滚滚爬爬扯扯拉拉的耍鬪沙僧走去勸

解纜撒脫了手，三藏回頭，忽見那下溜中，有一人撐一隻船來，叫道上渡上渡，長老大喜道，徒弟，休得亂頑，那里有隻渡船兒來了，他三箇跳起來站定，同眼觀看，那船兒來得至近，原來是一隻無底的船兒，行者火眼金睛，早已認得是接引祖師，又稱爲南無寶幢光王佛，行者却不題破，只管叫撐攏來，撐攏來，霎時撐近岸邊，又叫上渡上渡，三藏見了，又心驚道，你這無底的破船兒，如何渡人，佛祖道我這船

〇着〇眼〇

鴻濛初判有聲名，幸我撐來不變更，有浪有風還自穩
無終無始樂昇平，六塵不染能歸一，萬劫安然自在行

無底船兒難過海，今來古往渡羣生。

孫大聖合掌稱謝道：承盛意接引吾師。師父上船去。他這船兒雖是無底，却穩，縱有風浪，也不得翻。長老還自驚疑，行者叉着膊子，往上一推。那師父蹤不住腳，轂轆的跌在水裡，早被撑船人一把扯起，站在船上。師父還抖衣服，垜鞋腳，報怨行者。行者却引沙僧八戒牽馬挑擔，也上了船，都立在艤艚之上。那佛祖輕輕用力撑開，只見上溜頭泱（着歌）下一個死屍。長老見了大驚。行者笑道：師父莫怕，那個原來是你。八戒也道：是你是你。沙僧拍着手也道：是你是你。那撑船的打着號子也說：那是你，可賀可賀。他們三人也一齊聲相和，撐着船，不一時，穩穩當當的，過了凌雲仙渡。三藏纔轉身，輕輕的跳在彼岸，有詩爲証。

脱却胎胞骨肉身，相親相愛是元神，今朝行滿方成佛，洗淨當年六六塵。

此誠所謂廣大智慧，登彼岸無極之法。四衆上岸回頭，連無底船兒却不知去向，行者方說是接引佛祖，三藏方才省悟，急轉身反謝了三個徒弟。行者道：兩不相謝，彼此皆（着眼）扶持也。我等虧師父解脱，借門路修功，幸成了正果；師父也賴我等保護，秉教伽持，幸脱了凡胎。師父你這面前花草松篁，鸞鳳鶴鹿之勝境，比那妖邪顯化之處，孰美孰惡

何善何凶三藏稱謝不已一個個身輕體快步上靈山早
見雷音古刹
頂摩霄漢中根接須彌脉巧峯排列怪石參差懸崖下
瑶草琪花曲徑傍紫芝香蕙仙猿摘果入桃林却似火
燒金白鶴棲松立枝頭渾如烟捧玉彩鳳雙雙青鸞對
對彩鳳雙雙向日一鳴天下瑞青鸞對對迎風耀舞世
間稀又見那黃森森金瓦疊鴛鴦明幌幌花磚鋪瑪瑙
東一行西一行盡都是蘂宮珠闕南一帶北一帶看不
了寶閣珍樓天王殿上放霞光護法堂前噴紫燄浮屠
塔顯優鉢花香正是地勝疑天別雲閒覺晝長紅塵不

到諸緣盡萬劫無虧大法堂

師徒們逍逍遙遙走上靈山之頂又見青松林下列優婆翠柏叢中排善士長老就便施禮慌得那優婆塞優婆夷比丘僧比丘尼合掌道聖僧且休行禮待見了牟尼卻來相敘行者笑道早哩早哩且去拜上位者那長老手舞足蹈隨着行者直至雷音寺山門之外那廂有四大金剛迎住道聖僧來耶三藏躬身道是弟子玄奘到了答畢就欲進門金剛道聖僧少待容稟過再進那金剛着一個轉山門報與二門上四大金剛說唐僧到了二門上又傳入三門上說唐僧到了三山門內原是打供的神僧聞得唐僧

到時，急至大雄殿下，報與如來至尊釋迦牟尼文佛，說唐朝聖僧，到于寶山，取經來了。佛爺爺大喜，即召聚八菩薩、四金剛、五百阿羅、三千揭諦、十一大曜、十八伽藍，兩行排列，却傳金旨，召唐僧進。那裡邊一層一節，欽依佛旨，叫聖僧進來。這唐僧循規蹈矩，同悟空、悟能、悟淨，牽馬挑擔，徑入山門。正是

當年奮志奉欽差，領牒辭王出玉堦。清曉登山迎霧露，
黃昏枕石臥雲霾。挑禪遠步三千水，飛錫長行萬里崖。
念念在心求正果，今朝始得見如來。

四衆到大雄寶殿殿前，對如來倒身下拜。拜罷，又向左右

再拜、各各三匝以遍、復向佛祖長跪、將通關文牒奉上、如來一一看了、還遞與三藏、三藏頫顖作禮、啟上道弟子玄奘、奉東土大唐皇帝旨意、遥詣寶山、拜求真經、以濟衆生、望我佛祖垂恩、早賜回國、如來方開憐憫之口、大發慈悲之心、對三藏言曰、你那東土乃南贍部州、只因天高地厚、物廣人稠、多貪多殺、多淫多誑、多欺多詐、不遵佛教、不向善緣、不理三光、不重五穀、不忠不孝不義不仁、瞞心昧己、大斗小秤、害命殺牲、造下無邊之孽、罪盈惡滿、致有地獄之災、所以永墮幽冥、受那許多碓搗磨舂之苦、變化畜類、有那許多披毛頂角之形、將身還債、將肉飼人、其鼻不得超升者，皆此之故也。雖有孔氏在彼，立下仁義禮智之教，帝王相繼，治有徒流絞斬之刑，其如愚昧不明，放縱無忌之輩何耶？我今有經三藏，可以超脫苦惱，解釋災愆。三藏有法一藏，談天；有論一藏，說地；有經一藏，度鬼。共計三十五部，該一萬五千一百四十四卷，眞是修眞之經，正善之門。凡天下四大部洲之天文、地理、人物、鳥獸、花木、器用、人事，無般不載。汝等遠來，待要全付與汝取去，但那方之人，愚蠢村強，毀謗眞言，不識我沙門之奧旨。叫阿難、伽葉，你兩個引他四衆到珍樓之下，先將齋食待他，齋罷，開了寶閣，將我那三藏之中，三十五部之內，各檢幾卷與他、敎他傳流東土、永注洪恩、二尊者即奉佛旨、將他四衆領至樓下、看不盡那奇珍異寶、擺列無窮、只見那設供的諸神、鋪排齋宴、並皆是仙品仙肴仙茶仙果、珍羞百味、與凡世不同、師徒們頂禮了佛恩、隨心享用、其實是

寶燄金光映目明、異香奇品更微精、千層金閣無窮麗

一派仙音入耳清、素味仙花人罕見、香茶異食得長生、

向來受盡千般苦、今日榮華喜道成、

這番造化了八戒、便宜了沙僧、佛祖處正壽長生、脫胎換骨之饌、儘着他受用、二尊者陪奉四衆、飡畢、却入寶閣開門登看、那廂有霞光瑞氣、籠罩千重、彩霧祥雲、遮漫萬道、

經櫃上寶篋外都貼了紅籤楷書着經卷名目乃是

涅槃經一部七百四十八卷　菩薩經一部一千二十一卷

虛空藏經一部四百卷　首楞嚴經一部一百一十卷

恩意經大集一部五十卷　決定經一部一百四十卷

寶藏經一部四十五卷　華嚴經一部五百卷

禮真如經一部九十卷　大般若經一部九百一十六卷

大光明經一部三百卷　未曾有經一部一千一百一十卷

維摩經一部一百七十卷　三論別經一部二百七十卷

金剛經一部一百卷　正法論經一部一百二十卷

佛本行經一部八百卷　五龍經一部三十二卷

菩薩戒經一部一百十六卷　大集經一部一百三十卷

摩竭經一部三百五十卷　法華經一部一百卷

瑜伽經一部一百卷　寶常經一部三百六十卷

西天論經一部一百三十卷　僧祗經一部一百五十六卷

佛國雜經一部一千九百五十卷　起信論經一部一千卷

大智度經一部一千八十卷　寶威經一部一千二百八十卷

本閣經一部八百五十卷　正律文經一部二百卷

大孔雀經一部二百二十卷　維識論經一部一百卷

貝舍論經一部二百卷

阿難伽葉引唐僧看遍經名，對唐僧道，聖僧東土到此有些、甚麽人事送我們、快拿出來、此怎也少不成好傳經與你去、三藏聞言、道弟子玄奘來路迢遥、不曾備得、二尊者笑道、好好好白手傳經繼世、後人當餓死矣、行者見他講口扭捏、不肯傳經、他忍不住、叫噪道、師父我們去告如來、教他自家來把經與老孫也、阿難道、莫嚷、此是甚麽去處、你還撒野放刁、這邊來接着經、八戒沙僧、耐住了性子、勸住了行者、轉身來接、一卷卷收在包裡、馱在馬上、又綑了兩擔、八戒與沙僧挑着、却來寶座前叩頭、謝了如來、一直出門、逢一位佛祖、拜兩拜、見一尊菩薩、拜兩拜、又到大門、拜了比丘僧尼優婆夷塞、一一相辭、下山奔路不題、却說那寶閣上有一尊燃燈古佛、他在閣上、暗暗的聽着那傳經之事、心中甚明、原是阿難伽葉將無字之經傳去、却自笑云、東土衆生（可悟此經不傳至今令人嗜文字中）愚迷不識無字之經、却不枉費了聖僧這場跋踄、問座邊有誰在此、只見白雄尊者閃出、古佛分付道、你可作起神威、飛星趕上唐僧、把那無字之經奪了、教他再來求取有字之經、白雄尊者、即駕狂風、滾離了雷音寺、山門之外、大作神威、那陣好風、真個是

佛前勇士、不比巽二風神、仙竅怒號、遠賽吹嘘少女、這一陣、魚龍皆失穴、江海逆波濤、玄猿捧果難來獻、黄鶴回雲找舊巢、丹鳳清音鳴不美、錦雞喔運叫聲嘈、青松

枝折，優鉢花飄翠，竹竿竿倒，金蓮朵朵搖，鐘聲遠送三千里，經韻輕飛萬壑高，崖下奇花殘美色，路傍瑤草偃鮮苗，彩鸞難舞翅，白鹿躲山崖，蕩蕩異香漫宇宙，清清風氣徹雲霄。

那唐長老正行間，忽聞香風滾滾，只道是佛祖之禎祥，未曾堤防，又聞得響一聲，半空中伸下一隻手來，將馬馱的經，輕輕搶去，諕得個三藏搥胸叫喚，八戒滾地來追，沙和尚護守着經擔，孫行者急趕去如飛。那白雄尊者，見行者趕得將近，恐他棒頭上沒眼，一時間不分好歹，打傷身體，即將經包捽碎，抛在塵埃，行者見經包破落，又被香風吹得飄零，却就撥下雲頭顧經，不去追趕。那白雄尊者，收風斂霧，回報古佛不題。八戒去追趕，見經本落下，遂與行者收拾，背着來見唐僧。唐僧滿眼垂淚道：徒弟，啞這個極樂世界，也還有兇魔欺害哩！沙僧接了抱着的散經，打開看時，原來雪白，並無半點字跡，慌忙遞與三藏道：師父，這一卷沒字。此經如今世上極多，提學求哉，學通雄，都是行者又打開一卷看時，也無字。八戒打開一卷也無字。三藏叫通打開來看看，卷卷俱是白紙，長老短歎長吁的道：我東土人，果是沒福，似這般無字的空本，取去何用，怎麼敢見唐王，誑君之罪，誠不容誅也。行者早已知之，對唐僧道：師父，不消說了，這就是阿難伽葉那廝問我要人事沒有故將此白紙本子與我們來了快回去告在如來之前問他措財作弊之罪八戒嚷道正是正是告他去來四衆急急回山無好步忙忙又轉上雷音不多時到於山門之外衆皆拱手相迎笑道聖僧是來換經了三藏點頭稱謝衆金剛也不阻擋讓他進去直至大雄殿前行者嚷道如來我師徒們受了萬折千磨千辛萬苦自東土拜到此處蒙如來分付傳經被阿難伽葉措財不遂通同作弊故意將無字的白紙本兒敎我們拿去我們拿他去何用望如來敕治佛祖笑道你且休嚷他兩個問你要人事之情我已知矣（又爲講經和尚張本矣）但只是經不可以輕傳亦不可以空取向

時衆比丘聖僧下山，曾將此經在舍衛國趙長者家與他誦了一遍，保他家生者安全，亡者超脫，只討得他三十三升米粒黃金白銀，我還說他們忒賣賤了，教後代兒孫沒錢使用，你如今空手來取，是以傳了白本，白本者，乃無字
着眼
真經，倒也是好的，因你那東土衆生愚迷不悟，只可以此傳之耳。即叫阿難伽葉快將有字的真經每部中各檢幾卷與他，來此報數。二尊者復領四衆到珍樓寶閣之下，仍問唐僧要些人事。三藏無物奉承，即命沙僧取出紫金鉢盂，雙手奉上道，弟子委是窮寒路遠，不曾備得人事，這鉢盂乃唐王親手所賜，教弟子特此沿路化齋，今特奉上，聊

表寸心萬望尊者不鄙輕褻將此收下待回朝奏上唐王定有厚謝只是以有字眞經賜下庶不孤欽差之意遠涉之勞也那阿難接了但微微而笑被那些管珍樓的力士（趣甚只是非過不當人子）管香積的庖丁看閣的尊者你抹他臉我撲他背彈指的扭唇的一個個笑道不羞不羞須索取經的人事須臾把臉皮都羞皺了只是拿着鉢盂不放伽葉却才進閣檢經一一查與三藏三藏却叫徒弟們你們都好生看看莫似前番他三人接一卷看一卷却都是有字的傳了五千零四十八卷乃一藏之數收拾齊整馱在馬上剩下的還裝了一擔八戒挑着自己行李沙僧挑着行者牽了馬唐僧

拿了錫杖,撥一撥毘盧帽,抖一抖錦袈裟,纔喜喜懽懽,到
我佛如來之前,正是那,
大藏真經滋味甜,如來造就甚精嚴,須知玄奘登山苦,
可笑阿難却愛錢,先次未詳虧古佛,後來真實始安然,
至今得意傳東土,大衆均將雨露沾,
阿難迦葉,引唐僧來見如來,如來高陞蓮座,指令降龍伏
虎二大羅漢,敲响雲磬,遍請三千諸佛,三千揭諦,八金剛
四菩薩,五百尊羅漢,八百比丘僧,大衆,優婆塞,比丘尼,優
婆夷,各天各洞福地靈山,大小尊者聖僧,該坐的,請登寶
座,該立的,侍立兩傍,一時間天樂遥聞,仙音响亮,滿空中

祥光靄靄瑞氣重重諸佛畢集參見了如來如來問阿難迦葉傳了多少經卷與唐朝可一一報數二尊者即開報現付去唐朝

涅槃經四百卷　菩薩經三百六十卷

虛空藏經二十卷　首楞嚴經三十卷

恩意經大集四十卷　決定經四十卷

寶藏經二十卷　華嚴經八十一卷

禮真如經三十卷　大般若經六百卷

大光經五十卷　未曾有經五百五十卷

維摩經三十卷　三論別經四十二卷

金剛經一卷　正法論經二十卷
佛本行經一百一十六卷　五龍經二十卷
菩薩戒經六十卷　大集經三十卷
摩竭經一百四十卷　法華經十卷
瑜伽經三十卷　寶常經一百七十卷
西天論經三十卷　僧祇經一百一十卷
佛國雜經一千六百三十八卷　起信論經五十卷
大智度經九十卷　寶威經一百四十卷
本閣經五十六卷　正律文經十卷
大孔雀經十四卷　維識論經十卷

貝舍論經十卷
在藏總經共三十五部各部中檢出五千零四十八卷與
東土聖僧傳留在唐現俱收拾整頓於馬馱人擔之上尊
等謝恩三藏四衆拴了馬歇了擔一個個合掌躬身朝上
禮拜如來對唐僧言曰此經功德不可稱量雖爲我門之
龜鑑實乃三教之源流若到你那南贍部洲示與一切衆
僧不可輕慢非沐浴齋戒不可開卷寶之重之蓋此內有
成仙了道之奧妙有發明萬化之奇方也三藏叩頭謝恩
信受奉行依然對佛祖遍禮三匝承謹歸誠領經而去去
到三山門一一又謝了衆聖不題如來因時發唐僧去後

才散了傳經之會，傍又閃上觀世音菩薩，合掌啟佛祖道：弟子當年領金旨，向東土尋取經之人，今已成功，共計得一十四年，乃五千零四十日，還少八日，不合藏數，准弟子繳還金旨。如來大喜道：所言甚當，准繳金旨。即叫八大金剛分付道：汝等快使神威，駕送聖僧回東，把真經傳留，即引聖僧西回，須在八日之內，以完一藏之數，勿得遲違。金剛隨即趕上唐僧，叫道：取經的，跟我來。唐僧等俱身輕體徤，蕩蕩飄飄，隨着金剛，駕雲而起。這纔是

見性明心叅佛祖　功完行滿即飛昇

畢竟不知回東土，怎生傳授，且聽下回分解。

批

可惜無字經不曾取來所以如今東土都是個鑽故紙的蒼蠅可惜可痛雖然一藏無字經完完全全都在此處只要人合着眼去看耳

第九十九回

九九數完魔剗盡　三三行滿道歸根

話表八金剛既送唐僧回國不題那二層門下有五方揭諦四值功曹六丁六甲護教伽藍走向觀音菩薩前啓道弟子等向蒙菩薩法旨暗中保護聖僧今日聖僧行滿菩薩繳了佛祖金旨我等望菩薩准繳法旨菩薩亦甚喜道准繳准繳又問道那唐僧四衆一路上心行何如諸神道委實心虔志誠料不能逃菩薩洞察但只是唐僧受過之苦眞不可言他一路上歷過的災愆患難弟子已謹記在此這就是他災難的簿子菩薩從頭看了一遍道正是那

蒙差揭諦皈依旨　謹記唐僧難數清

金蟬遭貶第一難　出胎幾殺第二難

滿月抛江第三難　尋親報冤第四難

出城逢虎第五難　落坑折從第六難

雙叉嶺上第七難　兩界山頭第八難

陡澗換馬第九難　夜被火燒第十難

失却袈裟十一難　收降八戒十二難

黃風怪阻十三難　請求靈吉十四難

流沙難渡十五難　收得沙僧十六難

四聖顯化十七難　五莊觀中十八難

難活人參十九難　貶退心猿二十難
黑松林失散二十一難　寶象國捎書二十二難
金鑾殿變虎二十三難　平頂山逢魔二十四難
蓮花洞高懸二十五難　烏雞國救主二十六難
被魔化身二十七難　號山逢怪二十八難
風攝聖僧二十九難　心猿遭害三十難
請聖降妖三十一難　黑河沉沒三十二難
搬運車遲三十三難　大賭輸贏三十四難
祛道興僧三十五難　路逢大水三十六難
身落天河三十七難　魚籃現身三十八難

金兜山遇怪三十九難　普天神難伏四十難
問佛根源四十一難　吃水遭毒四十二難
西梁國留婚四十三難　琵琶洞受苦四十四難
再貶心猿四十五難　難辨獼猴四十六難
路阻火燄山四十七難　求取芭蕉扇四十八難
收縛魔王四十九難　賽城掃塔五十難
取寶救僧五十一難　棘林吟咏五十二難
小雷音遇難五十三難　諸天神遭困五十四難
稀柿衕穢阻五十五難　朱紫國行醫五十六難
拯救疲癃五十七難　降妖取后五十八難

七情迷沒五十九難　多目遭傷六十難
路阻獅駝六十一難　怪分三色六十二難
城裡遇災六十三難　請佛收魔六十四難
比丘救子六十五難　辨認眞邪六十六難
松林救怪六十七難　僧房臥病六十八難
無底洞遭困六十九難　滅法國難行七十難
隱霧山遇魔七十一難　鳳仙郡求雨七十二難
失落兵器七十三難　會慶釘鈀七十四難
竹節山遭難七十五難　玄英洞受苦七十六難
趕捉犀牛七十七難　天竺招婚七十八難

銅臺府監禁七十九難　凌雲渡脫胎八十難

路過十萬八千里　聖僧歷難簿分明

菩薩將難簿目過了一遍。急傳聲道。佛門中九九歸眞。聖僧受過八十難。還少一難。（逆轉妙）不得完成此數。卽命揭諦赶上金剛。還生一難者。這揭諦得令。飛雲一駕。向東來。一晝夜赶上八大金剛。附耳低言道。如此如此。謹遵菩薩法旨。不得違悞。八金剛聞得此言。刷的把風按下。將他四衆。連馬與經。墜落在地。噫。正是那

九九歸眞道行難。堅持篤志立玄關。必須苦練邪魔退
定要修持正法還。莫把經章當容易。聖僧難過許多般

古來妙合參同契毫髮差時不結丹

三藏腳踏了凡地自覺心驚八戒呵呵大笑道好好好這正是要快得遲沙僧道好好好因是我們走快了些兒教我們在此歇歇哩大聖道俗語云十日灘頭坐一日行九灘三藏道你三個且休鬭嘴認認方向看這是甚麼地方沙僧轉頭四望道是這裏是這裏師父你聽聽水響行者道水響想是你的祖家了八戒道他祖家乃流沙河沙僧道不是不是此通天河也三藏道徒弟呵仔細看在那岸行者縱身跳起用手搭涼蓬仔細看了下來道師父此是通天河西岸三藏道我記起來了東岸邊原有個陳家莊

那年到此虧你救了他兒女深感我們要造船相送幸白
黿伏渡我記得西岸上四無人煙這番如何是好八戒道
只說凡人不作弊原來這佛面前的金剛也會作弊他奉
佛旨教送我們東回怎麼到此半路上就丟下我們如今
豈不進退兩難怎生過去沙僧道二哥休報怨我的師父
已得了道前在靈雲渡已脫了凡胎今番斷不落水教師
兄同你我都作起攝法把師父駕過去也行者頻頻的暗
笑道駕不去駕不去你看他怎麼就說個駕不去若肯使
出神通說破飛昇之奧妙師徒們就一千個河也過去了
只因心裡明白知道唐僧九九之數未完還該有一難故

權留于此。師徒們口裡紛紛的講。足下徐徐的行。直至水邊。忽聽得有人叫道唐聖僧。唐聖僧。這里來。這里來。四衆皆驚。舉頭觀看。四無人跡。又沒舟船。却是一個大白癩頭黿在岸邊探着頭叫道老師父。我等了你這幾年。却才回也。行者笑道老黿向年累你。今歲又得相逢。三藏與八戒沙僧都懽喜不盡。行者道老黿。你果有接待之心。可上岸來。那黿縱身爬上河來。行者叫把馬牽上他身。八戒還蹲在馬尾之後。唐僧站在馬頭左邊。沙僧站在右邊。行者一脚踏着老黿的項。一脚踏着老黿的頭。叫道老黿好生走穩着。那老黿登開四足。踏水面如行平地。將他師徒四衆

連馬五口。馱在身上。徑向東岸而來。誠所謂

不二門戶法奧玄。諸魔戰退識人天。本來面目今方見
一體原因始得全。秉証三乘憑出入。丹成九轉任周旋
挑包飛杖通休講。幸喜還原遇老黿。

老黿馱着他們。躧波踏浪。行經半多日。將次天晚。好近東岸。忽然問道。老師父。我向年曾央到西方。見我佛如來。與我問聲歸着之事。還有多少年壽。可曾問否。原來那長老自到西天。玉真觀沐浴。凌雲渡脫胎。步上靈山。專心拜佛。及參諸佛菩薩。聖僧等衆。意念只在取經。他事一毫不理所以不曾問得老黿年壽。無言可荅。却又不敢欺打誑語

沉吟半晌不曾答應老黿即知不曾替他問他就將身幌一幌唿喇的（失信的看樣）淬下水去把他四衆連馬并經通皆落水噫還喜得唐僧脫了胎成了道若似前番已經沉底又幸白馬是龍八戒沙僧會水行者笑巍巍顯大神通把唐僧扶駕出水登彼東岸只是經包衣服鞍轡俱盡濕了師徒方登岸整理忽又一陣狂風天色昏暗雷熌俱作走石飛沙但見那

　一陣風乾坤播蕩一聲雷振動山川一個熌鑽雲飛火一天霧大地遮漫風氣呼號雷聲激烈熌掣紅銷霧迷星月風鼓的沙塵撲面雷驚的虎豹藏形熌幌的飛禽

叫嗥霧漠的樹木無踪那風攪得個通天河波浪翻騰那雷振得個通天河魚龍喪膽那燗照得個通天河徹底光明那霧葢得個通天河岸崖昏慘好風頹山裂石松篁倒好雷驚蟄傷人威勢豪好燗流天照野金蛇走好霧混混漫空蔽九霄

諕得那三藏按住了經包沙僧壓住了經擔八戒牽住了白馬行者却雙手輪起鐵棒左右護持原來那風霧雷燗乃是此陰魔作號欲奪所取之經勞嚷了一夜直到天明却纔止息長老一身水衣戰兢兢的道悟空這是怎的起行者氣呼呼的道師父你不知就裡我等保護你取獲此

經乃是奪天地造化之功可以與乾坤並久日月同明壽享長春法身不朽此所以為天地不容鬼神所忌故來暗奪之耳一則這經是水濕透了二則是你的正法身壓住雷不能轟電不能照霧不能迷又是老孫輪着鐵棒使純陽之性護持住了及至天明陽氣又盛所以不能奪去三藏八戒沙僧方才省悟各謝不盡少頃太陽高照卻移經於高崖上開包晒晾至今彼處晒經之石尚存他們又將衣鞋都晒在崖傍立的立坐的坐跳的跳真個是

一體純陽喜回陽陰魔不敢逞强梁
須知水勝真經伏不怕風雷閃霧光
自此清平歸正覺從今安泰到仙鄉

晒經石上留踪跡千古無魔到此方
他四衆檢看經本一一晒晾早見幾個打漁人來過河邊
擡頭看見內有認得的道老師父可是前年過此河往西
天取經的八戒道正是正是你是那里人怎麼認得我們
漁人道我們是陳家庄上人八戒道陳家庄離此有多遠
漁人道過此衝南有二十里就是也八戒道師父我們把
經搬到陳家庄上晒去他那里有住坐又有得吃就教他
家與我們漿漿衣服却不是好三藏道不去罷在此晒乾
了就收拾找路回也那幾個漁人行過南衝恰遇着陳澄
叫道二老官前年在你家替祭兒子的師父回來了陳澄

道你在那里看見漁人回指道。都在那石上晒經哩。陳澄隨帶了幾個佃戶。走過衝來望見。跑近前跪下道。老爺取經回來。功成行滿。怎麽不到舍下。卻在這里盤弄。快請快請到舍。行者道。等晒乾了經。和你去。陳澄又問道。老爺這經典衣物。如何濕了。三藏道。昔年虧白黿馱渡河西。今年又蒙他馱渡河東。已將近岸。被他問昔年托問佛祖壽年之事。我本未曾問得。他遂淬在水內。故此濕了。又將前後事細說了一遍。那陳澄拜請甚懇。三藏無已。遂收拾經卷。不期石上。把佛本行經。沾住了幾卷。遂將經尾沾破了。所以至今本行經不全。晒經石上猶有字跡。三藏懊悔道。是我們怠慢了。不曾看顧得行者笑道不在此不在此葢天地不全。這經原是全全的。今沾破了。乃是應不全之奧妙也豈人力所能與耶。師徒們果收拾畢。同陳澄赴庄那庄上人家。一個傳十。十個傳百。百個傳千。若老若幼。都來接看。陳清聞說。就擺香案。在門前迎迓。又命鼓樂吹打。少頃到了迎入。陳清領合家人眷。俱出來拜見。拜謝昔日救女見之恩。隨命看茶擺齋。三藏自受了佛祖的仙品仙肴。又脫了凡胎成佛。全不思凡間之食。二老苦勸。沒奈何。畧見他意。孫大聖自來不吃烟火食。也道勾了。沙僧也不甚吃八戒也不是前番。就放下碗。行者道獃子。也不吃了。八戒道不知怎麽脾胃一時就弱了遂此收了齋筵。却又問取經之事。三藏又將先至玉真觀沐浴。凌雲渡脫胎。及至雷音寺參如來。蒙珍樓賜宴寶閣傳經。始被二尊者索人事未遂。故傳無字之經後復拜告如來。始得授一藏之數並白黿淬水。陰魔暗奪之事。細細陳了一遍就欲拜别。那二老舉家如何肯放。且道向蒙救援兒女。深恩莫報已創建一座院宇。名曰救生寺。專侍奉香火不絕。又抱出原替祭之兒女。陳關保。一秤金叩謝復請至寺觀看三藏却又將經包兒收在他家堂前。與他念了一卷寶常經。後至寺中。只見陳家又設饌在此還不曾坐下。又一起來請還不曾舉筯，又一起來請，絡繹不絕，争不上手。三藏俱不敢辭，畧畧見意。只見那座寺，果然蓋得齊整。

山門紅粉膩，多賴施主功。一座樓臺從此立，兩廊房宇自今興。朱紅槅扇，七寶玲瓏。香氣飄雲漢，清光滿太空。幾株嫩柏還澆水，數幹喬松未結叢。活水迎前，通天疊疊翻波浪；高崖倚後，山脉重重[illegible]地龍。

三藏看畢，纔上高樓，樓上果粧[illegible]他四衆之像。八戒看見，扯着行者道：「兄長的相兒甚[illegible]」[illegible]沙僧道：「二哥，你的又像得緊，只是師父的又忒俊了些。」[illegible]道：「却好，却好。」遂下樓來。下面前殿後廊，還有擺齋的[illegible]行者却問向日大王廟兒如何了。衆老道。那廟當年拆了。老爺這去。自總立之後。年年成熟。歲歲豐登。都是老爺之福庇。行者笑道。此天賜耳。與我們何與。但自今以後。我們保佑你這一庄上人家。子孫繁衍。六畜安生。年年風調雨順。歲歲雨順風調。衆等都叩頭拜謝。只見那前前後後。更有獻果獻齋的。無限人家。八戒笑道。我的蹭蹬。那時節吃得。却沒人家連請是請。今日吃不得。却一家不了。又是一家。饒他氣滿畧動手。又吃個八九盤素食。縱然胃傷。又吃了二三十個饅頭已皆儘飽。又有人家相邀。三藏道。弟子何能。感蒙至愛。望今夕暫停。明早再領。時已深夜。三藏守定眞經。不敢暫離就於樓下打坐看守。將及三更。三藏悄悄的叫道。悟空。這里人家。識得我們道成事完了。自古道眞人不露相。露相不眞人。恐爲久淹。失了大事。行者道。師父說得有理。我們趁此深夜。人家熟寢。寂寂的去了罷。八戒却也知覺。沙僧盡自分明。白馬也能會意。遂此起了身。輕輕的擡上馱垛挑着擔。從廊廡馱出。到於山門。只見門上有鎖。行者又使個解鎖法。開了二門大門。找路望東而去。只聽得半空中有八大金剛叫道。逃走的。跟我來。那長老聞得香風蕩蕩起在空中。這正是

丹成識得本來面　　軆健原如拜主人

畢竟不知怎生見那唐王。且聽下回分解。

總批

此一回轉折更出人意表。○天地不全，經卷亦破，乃大徹大悟之語。何物猴猻，容易說出，可惜可惜。如此說破，復有貪圖完滿，算計十全者，真可笑也。

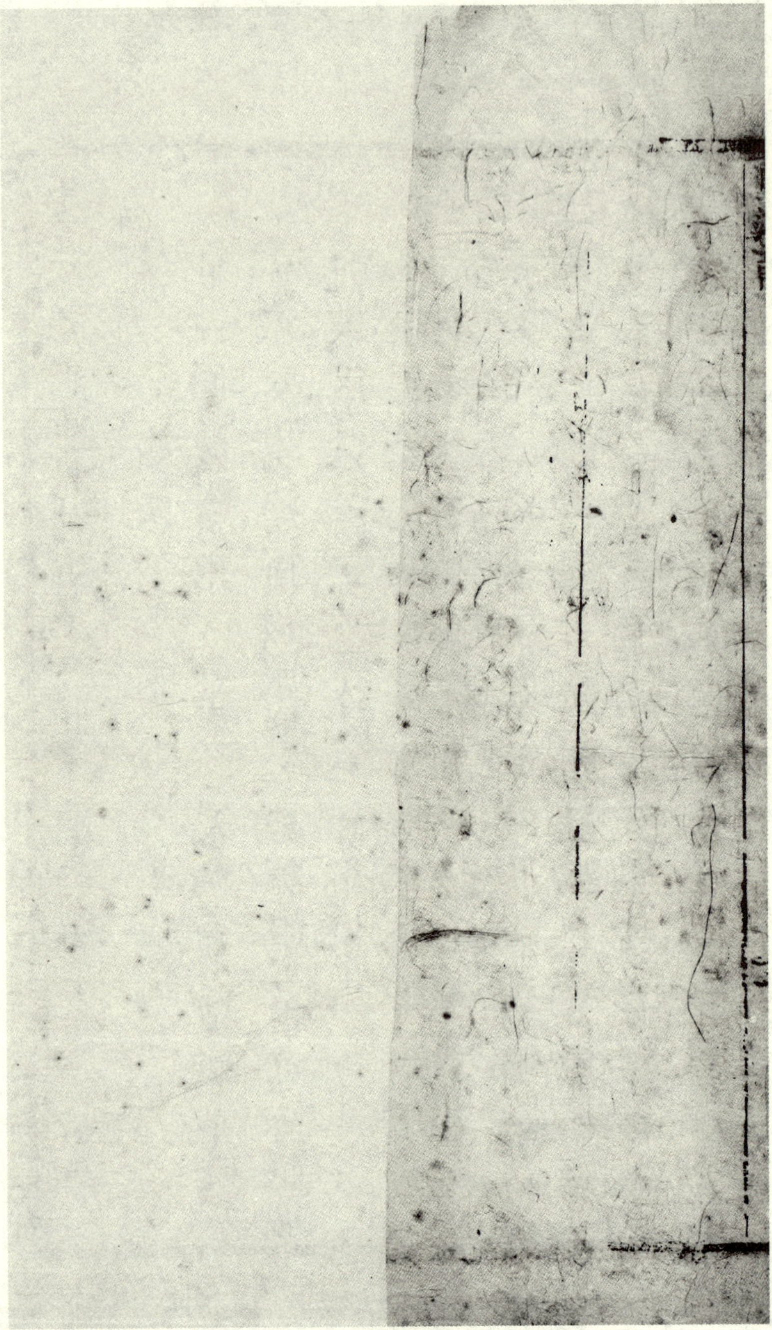

第一百回

徑回東土　五聖成真

且不言他四衆脱身隨金剛駕風而起却說陳家莊救生寺內多人天曉起來仍治果肴來獻至樓下不見了唐僧這個也來問那個也來尋俱慌慌張張莫知所措叫苦連天的道清清把個活佛放去了一會家無計將辦下的品物俱擡在樓上祭祀燒紙以後每年四大祭二十四小祭還有那告病的保安的求親許願求財求子的無時無日不來燒香祭賽真個是金爐不斷千年火玉盞常明萬載燈不題却說八大金剛使第二陣香風把他四衆不一日

送至東土。漸漸望見長安。原來那太宗。自貞觀十三年九月望前三日。送唐僧出城。至十六年。即差工部官。在西安關外。起建了望經樓接經。太宗年年親至其地。恰好那一日。出駕復到樓上。忽見正西方滿天瑞靄。陣陣香風。金剛停在空中。叫道聖僧此間乃長安城了。我每不好下去。這裏人伶俐。恐泄漏吾像。孫大聖三位。也不消去。汝自去傳了經與汝主。即便回來。我在霄漢中等你。與你一同繳旨。大聖道。尊者之言雖當。但吾師如何挑得經擔。如何牽得馬匹。須得我等同去一送。煩你在空少等。諒不敢悞。金剛道。前日觀音菩薩啓過如來。往來只在八日。方完藏數。今已過五日有餘。只怕八戒貪圖富貴。悮了限期。八戒笑道。師父成佛。我也望成佛。豈有貪圖之理。獃大粗人都在此等我。待交了經就來與你同回向也。獃子挑着擔。沙僧牽着馬。行者扶着聖僧。都按下雲頭。落於望經樓邊。太宗同多官一齊見了。即下樓相迎道。御弟來也。唐僧即倒身下拜。太宗扶起。又問道此三者何人。唐僧道。是途中收的徒弟。太宗大喜。命近侍官。將朕御車馬扣背。請御弟上馬。同朕回朝。唐僧謝了恩。騎上馬。大聖輪金箍棒。緊隨。八戒沙僧俱扶馬挑擔。隨駕後共入長安。真個是

當年清晏樂昇平。文武安然顯俊英。水陸場中僧演法、

金鑾殿上主差卿。關文敕賜唐三藏、經卷原因配五行。

若煉兇魔種種滅。功成今喜上朝京。

唐僧四衆。隨駕入朝。滿城中。無人不知是取經人來了。却說那長安唐僧舊住的洪福寺。大小僧人。看見幾株松樹。一顆顆頭俱向東。驚呀道。怪哉怪哉。昨夜未曾刮風。如何這樹頭扭過來了。內有三藏的舊徒道。快取衣服來。取經的老師父來了。衆僧問道。你何以知之。舊徒曰。當年師父去時。曾有言道。我去之後。或三五年。或六七年。但看松樹枝頭若是東向。我即回矣。我師父佛口聖言。故此知之。急披衣而出。至西街時。早已有人傳播說。取經的人適纔方到萬歲爺爺接入城來了。衆僧聽說。又急急跑來。却就迎着。一見大驚。不敢近前隨後跟至朝門之外。唐僧下馬。同衆進朝。唐僧將龍馬與經擔。同行者八戒沙僧站在玉階之下。太宗傳宣。御弟上殿賜坐唐僧又謝恩坐了。教把經卷擡來。行者等取出。近侍官傳上。太宗又問多少經數。怎生取來。三藏道。臣僧到了靈山。參見佛祖。蒙差阿難迦葉二尊者先引至珍樓內賜齋。次到寶閣內傳經。那尊者需索人事。因未曾備得。不曾送他。他遂以經與了。當謝佛祖之恩東行。忽被妖風搶了經去。幸小徒有些神通。趕奪。却俱拋擲散漫。因展看。皆是無字空本。臣等着驚。復去拜告懇求佛祖道此經成就之時有比丘聖僧將下山與舍衛國趙長者家看誦了一遍保祐他家生者安全亡者超脫止討了他三斗三升米粒黃金意思還嫌賣賤了後代子孫沒錢使用我等知二尊者需索人事佛祖明知只得將欽賜紫金鉢盂送他方傳了有字真經此經有三十五部各部中檢了幾卷傳來共計五千零四十八卷此數蓋合一藏也太宗大喜命光祿設宴在東閣酬謝忽見他三徒立在堦下容貌異常便問高徒果外國人耶長老俯伏道大徒弟姓孫法名悟空臣又呼他為孫行者他出身原是東勝神洲傲來國花果山水簾洞人氏因五百年前大鬧

天官被佛祖困壓在西番兩界山石匣之內蒙觀音菩薩勸善情願皈依是臣到彼救出甚虧此徒保護二徒弟姓豬法名悟能臣又呼他爲豬八戒他出身原是福陵山雲棧洞人氏因在烏斯藏高老莊上作怪亦蒙菩薩勸善虧行者收之一路上挑擔有力涉水有功三徒弟姓沙法名悟淨臣又呼他爲沙和尚他出身原是流沙河作怪者也蒙菩薩勸善秉教沙門那匹馬不是主公所賜者太宗道毛片相同如何不是三藏道臣到盤蛇山鷹愁澗涉水原馬被此馬吞之虧行者請菩薩問此馬來歷原是西海龍王之子因有罪也蒙菩薩救解教他與臣作脚力當時變

作原馬。毛片相同。幸虧他登山越嶺。跋踄崎嶇。去時騎坐。
來時馱經。亦甚賴其力也。太宗聞言。稱讚不已。又問遠涉
西方。端的路程多少。三藏道。總記菩薩之言。有十萬八千
里之遠。途中未曾記數。只知經過了一十四遍寒暑。日日
山。日日嶺。遇林不小。遇水寬洪。還經幾座國王。俱有照驗
印信。叫徒弟將通關文牒取上來。對主公繳納。當時遞上
太宗看了。乃貞觀一十三年九月望前三日給。太宗笑道
久勞遠踄。今已貞觀二十七年矣。牒文上有寶象國印。烏
雞國印。車遲國印。西梁女國印。祭賽國印。朱紫國印。比丘
國印。滅法國印。又有鳳仙郡印。玉華州印。金平府印。太宗

覽畢·收了·早有當駕官請宴·即下殿攜手而行·又問高僧
能禮貌乎·三藏道·小徒俱是山村曠野之妖·身未諳中華
聖朝之禮數·萬望主公赦罪·太宗笑道·不罪他·不罪他·都
同請東閣赴宴去也·三藏又謝了恩·招呼他三衆·都到閣
內觀看·果是中華大國·比尋常不同·你看那
門懸綵繡·地襯紅氈·異香馥郁·奇品新鮮·琥珀盃·琉璃
盞·鑲金點翠·黃金盤·白玉碗·嵌錦花纏·爛煮蔓菁·糖澆
香芋·蘑菇甜美·海菜清奇·幾次添來薑辣筍·數番辦上
蜜調葵·麪觔椿樹葉·木耳豆腐皮·石花仙菜·蕨粉乾薇·
花椒煮萊菔·芥末拌瓜絲·幾盤素品還猶可·數種奇稀

果奪魁核桃柿餅龍眼荔枝宣州繭栗山東棗江南人杏兔頭梨榛松蓮肉葡萄大榧子瓜仁菱米齊橄欖林檎蘋婆沙果慈菇嫩藕脆李楊梅無般不備無件不齊還有些蒸酥蜜食兼嘉饌更有那美酒香茶與異奇說不盡百味珍羞真上品果然中華大國異西夷

師徒四衆與文武多官俱侍列左右太宗皇帝仍正坐當中歌舞吹彈整齊嚴肅遂盡樂一日正是

君王嘉會賽唐虞取得真經福有餘千古流傳千古盛
佛光普照帝王居

當日天晚謝恩宴散太宗回宮多官回宅唐僧等歸於洪

福寺。只見寺僧磕頭迎接。方進山門。衆僧道。師父這樹頭見今早俱忽然向東。我們記得師父之言。遂出城來接。果然到了。長老喜之不勝。遂入方丈。此時八戒也不嚷茶飯也不弄諠頭。行者沙僧箇箇穩重。只因道果完成。自然安靜。當晚睡了。次早太宗升朝。對羣臣言曰。朕思御弟之功至深至大。無以爲酬。一夜無寐。口占幾句俚談。權表謝意。但未曾寫出。叫中書官來。朕念與你。你一一寫之。其文云

蓋聞二儀有象。顯覆載以含生。四時無形。潛寒暑以化物。是以窺天鑑地。庸愚皆識其端。明陰洞陽。賢哲罕窮其數。然天地包乎陰陽。而易識者。以其有象也。陰陽處

乎天地而難窮者以其無形也故知象顯可徵雖愚不惑形潛莫觀在智猶迷況乎佛道崇虛乘幽控寂弘濟萬品典御十方舉威靈而無上抑神力而無下大之則彌於宇宙細之則攝於毫釐無滅無生歷千劫而不古若隱若顯運百福而長今妙道凝玄遵之莫知其際法流湛寂挹之莫測其源故知蠢蠢凡愚區區庸鄙投其旨趣能無疑惑者哉然則大教之興基乎西土騰漢庭而皎夢照東域而流慈古者分形分迹之時言未馳而成化當常見常隱之世民仰德而知遵及乎晦影歸真遷移越世金容掩色不鏡三千之光麗像開圖空端四

八之相於是微言廣被拯含類於三途遺訓遐宣導羣生於十地佛有經能分大小之乘更有法傳訛邪正之術我僧玄奘法師者法門之領袖也幼懷貞敏早悟三空之功長契神情先包四忍之行松風水月未足比其清華仙露明珠詎能方其朗潤故以智通無累神測未形超六塵而迥出使千古而無對凝心內境悲正法之陵遲栖慮玄門慨深文之訛謬思欲分條振理廣彼前聞截偽續真開茲後學是以翹心淨土法遊西域乘危遠邁策杖孤征積雪晨飛途間失地驚沙夕起空外迷天萬里山川撥烟霞而進步百重寒暑躡霜雨而前蹤

誠重勞輕求深欲達周遊西宇十有四年窮歷異邦詢
求正教雙林八水味道飡風鹿苑鷲峯瞻奇仰異承至
言於先聖受真教於上賢探賾妙門精窮奥業三乘六
律之道馳驟於心田一藏百篋之文波濤於海口爰自
所歷之國無涯求取之經有數總得大乘要文凡三十
五部計五千四十八卷譯布中華宣揚勝業引慈雲於
西極注法雨于東陲聖教缺而復全蒼生罪而還福濕
火宅之乾燄共拔迷途朗金水之昏波同臻彼岸是知
惡因業墜善以緣昇昇墜之端惟人自作譬之桂生高
嶺雲露方得泫其花蓮出綠波飛塵不能染其葉非蓮

性自潔，而桂質本貞。由所附者高，則微物不能累；所憑者淨，則濁類不能沾。夫以卉木無知，猶資善而成善；矧乎人倫有識，不緣慶而求慶。方冀茲經流施，並日月而無窮；景福遐敷，傳布與乾坤而永大。

寫畢，即召聖僧，此時長老已在朝門外候謝，聞宣急入，行俯伏之禮。太宗傳請上殿，將文字遞與長老覽遍，復下謝恩奏道：主公文辭高古，理趣淵微，但不知是何名目。太宗道：朕夜口占，答謝御弟之意，名曰聖教序，不知好否？長老叩頭稱謝不已。太宗又曰：

朕才愧珪璋，言慚金石。至於內典，尤所未聞。口占敘文，誠爲鄙拙，穢翰墨於金簡，標瓦礫於珠林，循躬省慮，靦面恧心，甚不足稱，虛勞致謝。此太宗御製之文，綴于心經之首。

當下多官齊賀，頂禮聖教御文，徧傳內外。太宗道，御弟將眞經演誦一番何如。長老道，主公若演眞經，須尋佛地寶殿，非可誦之處。太宗甚喜，即問當駕官，長安城中有那座寺院潔淨。班中閃上大學士蕭瑀奏道，城中有一鴈塔寺潔淨。太宗即令多官把眞經各處捧幾卷，同朕到鴈塔寺，請御弟談經去來。多官遂各各捧着，隨太宗駕幸寺中，搭起高臺，鋪設齊整。長老仍命八戒、沙僧牽龍馬，理行囊，行者在我左右。又向太宗道，主公欲將眞經傳流天下，須當謄錄副本，方可布散。原本還當珍藏，不可輕褻。太宗又笑道：御弟之言甚當。隨召翰林院及中書科各官謄寫真經。又建一寺，在城之東，名曰謄黃寺。長老捧幾卷登臺，方欲諷誦，忽聞得香風繚繞，半空中有八大金剛現身高叫道：誦經的，放下經卷，跟我回西去也。這底下行者三人，連白馬平地而起。長老亦將經卷丟下，也從臺上起於九霄，相隨騰空而去。慌得那太宗與多官望空下拜。這正是：

聖僧努力取經編，西宇周流十四年。苦歷程途多患難，
多經山水受迍邅。功完八九還加九，行滿三千及大千。
大覺妙文回上國，至今東土永留傳。

太宗與多官拜畢。即選高僧。就於鴈塔寺裡。修建水陸大會。看誦大藏眞經。超脫幽冥業鬼。普施善慶。將謄錄過經文。傳播天下不題。却說八大金剛。駕香風。引着長老四衆連馬五口。復轉靈山。連去連來。恰在八日之內。此時靈山諸神。都在佛前聽講。八金剛引他師徒進去。對如來道。弟子前奉金旨。駕送聖僧等。已到唐國。將經交納。今特繳旨。遂叫唐僧等。近前受職。如來道。聖僧汝前世原是我之二徒。名喚金蟬子。因爲汝不聽說法。輕慢我之大教。故貶汝之眞靈。轉生東土。今喜皈依。秉我迦持。又乘我教。取去眞經。甚有功果。加陞大職。正果汝爲旃檀功德佛。孫悟空。汝因大鬧天宮。吾以甚深法力。壓在五行山下。幸天災滿足。歸於釋教。且喜汝隱惡揚善。在途中煉魔降怪有功。全終全始。加陞大職正果。汝爲鬭戰勝佛。豬悟能。汝本天河水神天蓬元帥。爲汝蟠桃會上。酗酒戲了仙娥。貶汝下界投胎。身如畜類。幸汝記愛人身。在福陵山雲棧洞造業。喜歸大教。入我沙門。保聖僧在路。却又有頑心。色情未泯。因汝挑擔有功。加陞汝職正果。做淨壇使者。八戒口中嚷道。他們都成佛。如何把我做個淨壇使者。如來道。因汝口壯身慵。食腸寬大。蓋天下四大部洲。瞻仰吾教者甚多。凡諸佛事。教汝淨壇。乃是個有受用的品級。如何不好。沙悟淨。汝本是捲簾大將。先因蟠桃會上。打碎玻璃盞。貶汝下界。汝落於流沙河。傷生吃人造業。幸皈吾教。誠敬迦持。保護聖僧登山牽馬有功。加陞大職。正果爲金身羅漢。又叫那白馬。汝本是西洋大海。廣晉龍王之子。因汝違逆父命。犯了不孝之罪。幸得皈身皈法。皈我沙門。每日家虧你馱負聖僧來西。又虧你馱負聖經去東。亦有功者。加陞汝職正果爲八部天龍長者。四衆俱各叩頭謝恩。馬亦謝恩訖。仍命揭諦引了馬。下靈山後崖化龍池邊。將馬推入池中。須臾間。那馬打個轉身。即退了毛皮。換了頭角。渾身上長起金鱗。腮頷下生出銀鬚。一身瑞氣。四爪祥雲。飛出化龍池盤纔在山門裡擎天華表柱上。諸佛讚揚如來的大法。孫行者却又對唐僧道。師父。此時我已成佛。與你一般。莫成還戴金箍兒。你還念甚麼緊箍咒兒掯勒我。趁早兒念個鬆箍兒咒。脫下來。打得粉碎。切莫叫那甚麼菩薩再去捉弄他人。唐僧道。當時只為你難管。故以此法制之。今已成佛。自然去矣。豈有還在你頭上之理。你試摸摸看。行者舉手去摸一摸。果然無了。此時旃檀佛。鬬戰佛。淨壇使者。金身羅漢。俱正果了本位。天龍馬亦自歸真。有詩為證。

一體真如轉落塵。合和四相復修身。五行論色空還寂
百怪虛名總莫論。正果旃檀皈大覺。完成品職脫沉淪

經傳天下恩光潤五聖高居不二門

五聖果位之職諸衆佛祖菩薩聖僧羅漢揭諦比丘優婆夷塞各山各洞神仙大神丁甲功曹伽藍土地一切得道的師仙姑初俱來聽講至此各歸方位你看那

靈鷲峯頭聚霞彩極樂世界集祥雲金龍穩臥玉虎安然烏兎任隨來往龜蛇憑汝盤旋丹鳳青鸞情爽爽玄猿白鹿意怡怡八節奇花四時仙果喬松古檜翠栢修篁五色梅時開時結萬年桃時熟時新千果千花爭艷一天瑞藹紛紜

大衆合掌皈依都念

南無燃燈上古佛
南無釋迦牟尼佛
南無清淨喜佛
南無寶幢王佛
南無阿彌陀佛
南無接引歸眞佛
南無寶光佛
南無精進喜佛
南無現無愚佛
南無那羅延佛

南無藥師琉璃光王佛
南無過去未來現在佛
南無毘盧尸佛
南無彌勒尊佛
南無無量壽佛
南無金剛不壞佛
南無龍尊王佛
南無寶月光佛
南無娑留那佛
南無功德華佛

南無才功德佛
南無旃檀光佛
南無慧炬照佛
南無大慈光佛
南無賢善首佛
南無金華光佛
南無智慧勝佛
南無日月光佛
南無慧幢勝王佛
南無常光幢佛

南無善游步佛
南無摩尼幢佛
南無海德光明佛
南無慈力王佛
南無廣莊嚴佛
南無才光明佛
南無世靜光佛
南無日月珠光佛
南無妙音聲佛
南無觀世燈佛

南無法勝王佛
南無大慧力王佛
南無大通光佛
南無旃檀功德佛
南無觀世音菩薩
南無文殊菩薩
南無清淨大海衆菩薩
南無西天極樂諸菩薩
南無五百阿羅大菩薩
南無無邊無量法菩薩

南無須彌光佛
南無金海光佛
南無香光佛
南無闘戰勝佛
南無大勢至菩薩
南無普賢菩薩
南無蓮池海會佛菩薩
南無三千揭諦大菩薩
南無比丘夷塞尼菩薩
南無金剛大士聖菩薩

有見聞者悉發菩提

十方三世一切佛　諸尊菩薩摩訶薩　摩訶般若波羅

蜜

總批

你看若猴若猪若馬俱成正果獨有人反信不及倒

去爲猴爲猪爲馬却不是大顛倒乎